―書き下ろし長編官能小説―

とろめき民宿で淫ら夏休み

桜井真琴

竹書房ラブロマン文庫

目次

第一章　ふしだら海水浴　5
第二章　夜の民宿で初体験　43
第三章　なまめき王様ゲーム　96
第四章　キャプテンの淫らなお願い　134
第五章　波打ち際でビキニ美女と　174
第六章　甘くとろける夏　214

※この作品は竹書房ラブロマン文庫のために
書き下ろされたものです。

第一章　ふしだら海水浴

1

夏の日差しは容赦なく、十八歳の童貞の身体を熱してきた。

ビーチで遊んでいるチャラい男女たちを見ていると、自分だけが太陽にいじめられている気がする。

（あいつらは暑くないのか？　まったく……）

真壁涼太（まかべりょうた）は、伊豆の海岸沿いの道を自転車で走りながら、首にかけたタオルで額の汗を拭（ぬぐ）う。

八月の太陽が、かっと強く照りつけている。

アスファルトをジリジリと灼（や）く匂いが鼻先をくすぐり、陽炎（かげろう）が揺れている。

熱い潮風（しおかぜ）が、ねっとりと包み込んでくる。

それにしても暑い。

暑いにもほどがある。

伊豆白魚（しらうお）海水浴場は「日本の快水浴場百選」にも選ばれている、大きくて波も穏やかな人気スポットだ。クルマは渋滞で、水着やボート、浮き輪やビーチボールにシュノーケルを吊り下げたショップが軒並み盛況だった。

涼太は海水浴場から歩いて二分ほどの小さな民宿で、大学の夏休みの間だけバイトをしていた。

（おおっ）

ふいにビキニで巨乳のお姉さんが歩いているのが目に入る。

だけど日焼けしたホストみたいな男が後ろからやってきて、お姉さんと腕を組んだ。

涼太は嘆息した。

ナンパスポットに来れば、誰もがモテるかと言われるとそんなワケはない。涼太のような色白オタクはなおさらである。

涼太は大学一年生で、絶賛童貞中である。

いや、童貞どころか女の子と付き合ったこともない。

高校時代はスクールカーストの底辺だった。

だから大学デビューだっ！　と意気込んだわけだが、元々奥手の涼太が女の子に声をかけることなどできるわけもなく、キャンパスでくすぶる毎日を送っていた。

そんな中だ。

民宿を営む叔母が、

「夏休み中に民宿を手伝ってくれない？」

と提案してきた。

しかもである。

「女子大生のダンス部が合宿するから、人手が足らないのよ」

という夢のようなお誘いだ。

実は叔母さんの旦那、つまり叔父さんが長期で入院していて、今は叔母とふたりの従業員だけで切り盛りしている。

ダンス部の部員は全部で三十人。

それが三つの民宿に分かれて宿泊することになっていて、叔母の民宿には十人の女子大生が一週間ほど滞在するとのこと。

涼太は二つ返事で、その提案を受けることにした。

当然だろう。

なんせそもそも叔母の文乃はかなりの美人で、その誘いだけでも跳びあがりたいほどうれしいのに、女子大生の集団なんて盆と正月である。

そう思って、ウキウキしながらやってきたのだが……。

海岸沿いに道から左に曲がり、ハアハアと息を切らしながら坂を登る。

見えてきたのは『民宿　白魚荘』の看板。

海を見下ろす高台にある、こぢんまりした民宿である。

叔母の文乃はここに嫁いで五年になるが、元々は教師をしていて、しかも涼太の学校の英語の先生だった。

自転車を降り、スーパーで買ってきたお茶などを勝手口から運び込んだ。

従業員のおばさんがやってきて、「お疲れ様」と声をかけてくれた。

「暑いのにごめんねえ。午後の休憩終わったら、また買い出し頼むわね」

「あ、はい」

と返事をしながらも、内心は「もう勘弁して」と思った。

白魚荘には、大きな中庭がある。

そこのベンチに腰掛けると、木々の間からビーチが見える。

ビーチでは男女の青春が繰り広げられている。そして民宿の建物の二階からは、キャッキャッと、かしましい女子大生のはしゃぎ声が聞こえてくる。

（あーあ、ナンパできる勇気があったらなあ）

今の若い男は女性に興味がなく、ひとりが楽しい、なんてヤツばかり。

などとニュースでコメンテーターが訳知り顔で意見しているけど、実際は大学に行っても、みんな「女とヤリたい」と、その願望を呪詛のように言っているヤツばかりである。

（ヤリたいよなあ……夏は楽しいイベントが盛りだくさんなのに）

夏フェスや海水浴、キャンプに花火大会。

《やったな、こいつーッ！》

《涼太くん、やめてー、冷たいって！》

水着姿の可愛い彼女と、海水をかけ合うイベントはどこへ行った？

転びそうな彼女の腕を取り、ついついハグしてキスするお決まりのシチュエーションはどこにある？

理由は明白だ。

自分は大の人見知りで、超奥手で、口下手、顔も人並みの四重苦だから。

「はあ……」

ため息をつく。

太陽が真上にきて、トースターのようにじりじりと全身を灼いてきた。

暑いけど、じめじめしてはいない。

風が吹くと気持ちがいい。海はいい。

ベンチに座りながら、うーんと伸びをして真上を見たときだ。

「ん？」

何かが涼太の視界を遮って、目の前が暗くなった。

ハッとして涼太は目を見開いた。

（これっ、お、おっぱい！）

女性のＴシャツの中を、下から覗き込むようになってしまい、水色のビキニを身につけた大きな胸が下から見えていた。

真下から見るおっぱいって、こんな形なのかっ。

なんて考えている場合じゃない。

ハッとして飛び退くと、Ｔシャツにショートパンツ姿の勝沼亜由美が、ニヒヒと笑っていた。

「なあに赤くなってるのよ、童貞。もっと見たいんでしょ、私のおっぱい」

亜由美が茶目っ気たっぷりにウインクしてくる。

めちゃくちゃ美人の、小悪魔系女子大生のウインクは破壊力抜群だ。

カアッと顔が熱くなった。

「か、からかわないでください」

「ウフフーっ。からかってほしいくせに。アニメのおっぱいなんか、何の味気もないじゃん、感触とか知らないんでしょ？」

涼太は、うっ、と言葉につまって、さらに顔を赤くしてしまう。

そうなのだ。

女子大生たちがやってきた初日に、涼太はスマホを落としてしまった。

待ち受け画面をアニメのヒロインにしたまま変えるのを忘れていて、しかもそのヒロインが軽くパンチラしていたので、女子大生たちにどん引きされたのである。

そこから地獄の始まりだ。

女子大生たちは、表面上は愛想良くしてくれるものの、あきらかに涼太を警戒していた。

亜由美のように直接からかってくれる方が、気がラクだ。

「あ、あの、アニメしか興味がないってワケじゃ……」

「はいはい、いいよいいよ、オタクくん。でもさぁ、私、アニメの爆乳キャラに負けないからね、Ｆカップだし」

亜由美が自慢げに胸をそらす。

（え、えふ、えふ？）

涼太の目は亜由美の胸に釘付けになる。

Ｔシャツの胸のふくらみは、悩ましいほどデカい。身体が細いから横乳が身体からハミ出るくらいである。

白いＴシャツがおっぱいで押しあげられ、身体と服との間に空間ができて、小麦色のお腹（なか）が見えている。

（ち、乳カーテンだ！）

アニメでしか見たことのない、細身の爆乳の象徴である乳カーテン。

涼太は鼻奥がツーンとするのを感じて、咳き込んでごまかした。

「ウフッ。どした？　まさか鼻血？　ウフフ。お姉さんのおっぱい、気になって仕方ないってか？」

亜由美が栗色のストレートヘアをかきあげ、ニヤリと笑って横に座った。

甘い匂いが鼻先に漂う。

美人というのは、なんでこんなにいい匂いがするんだろう。

亜由美に身を寄せられて、涼太は化石のようにガチガチに固まった。

これほどの美人は今まで間近で見たことがなかった。

おそらくアイドルや女優をナマで見たら、こういう感じなのだろう。それくらい華々(はなばな)しいオーラがある。

切れ長の目は、見つめられるだけでドギマギだ。

これほどの美人で、Fカップバストに迫られたら、パニクるのも当然である。

「ねえ、それより葵(あおい)とはどういう関係なの？」

「へ？」

目をパチパチさせると、さらに亜由美が迫ってきた。

腕にTシャツ越しのおっぱいの先っちょが触れた。

（あ、亜由美さんっ、当たってるってば……）

それだけではない。Tシャツの襟(えり)ぐりから白い谷間が見えていた。

「葵がさあ、あんな風に男の子と話すの初めて見たんだよねえ。幼なじみって言ってもさ、あなたたち仲が良すぎない？」

保護者のように尋ねられた。

そうなのだ。

実はまったくの偶然で、ダンス部の中にかつての幼なじみ、清里葵がいたのである。

葵は涼太の二つ上だから、亜由美と同じ大学三年生。

昔は小さくて、ひょろひょろして、男の子みたいな女の子だった。

そういう容姿だったから、涼太は年上でも気兼ねなく接することができて、ふたりでよく遊んだ。親友というくらい、毎日遊んでいた。

彼女は中学で引っ越して、しばらくは手紙のやりとりもしていたが、そのうちに自然消滅してしまった。

それが六年のときを経て、まさかのこの民宿で再会となったわけである。

しかもである。

ボーイッシュなのは変わりなかったのだが、葵はショートヘアの似合う可愛らしい少女になっていた。

いや大学三年生に少女はないと思うけど、だけど童顔すぎた。

大きくてクリッとした目と長い睫毛が、女らしさを見せつけてきて、アニオタなら無条件に十万円ぐらいスパチャしそうな美少女だった。

　その葵と仲がいいのが、この亜由美ともうひとり、ダンス部キャプテンの上野原玲子だ。

　この三人だけはドン引き女子大生の中で、涼太と仲良くしてくれるのだ。

　葵の存在は本当にありがたかった。

「いや、何もないですって」

「そうかなあ……ねえ、実は高校時代とか、葵とヤッてないわよね」

　クラッときた。

「ヤッ、ヤッ、ヤッ……ヤル、ヤリ、ヤレ……」

「なあに壊れてんのよ。やっぱり童貞ねえ。セックスなんかまだ太陽系の果てくらい先の話だったわ、失敬失敬」

　ムッとするも、さらにおっぱいを押しつけられて感情が崩壊した。

「いや、その葵とはホントに久しぶりで、でも、小さい頃はすごく仲が良かったから、向こうも気を許してくれてるだけかと……あ、あの、ホントに、ホントに女の子とは付き合ったことどころか、手も触ったこともなくて……」

　早口で言ってしまう。

　亜由美がうれしそうに笑った。

「なるほど。かなり童貞こじらせてるわねえ、あんた。ウフフッ。まあ葵と付き合うにしても、いろいろ教えてあげないとねー、おねーさんが……」

上目遣いに見つめられた。

美人の上目遣いは、これほど強力なのかと頭から湯気が出る。

「お、教え……え？」

心臓がバクバクして、全身が汗まみれだ。

亜由美が顔を寄せてくる。甘い匂いがした。

汗も甘い。健康的な小麦色の肌から、柑橘系の甘酸っぱい匂いもブレンドされて、匂ってくる。

「今日は特別に私のおっぱいでシコっても許してあげる……ウフフ、なんなら手伝ってあげよーか」

耳元でささやかれて、股間に亜由美の手が触れた。

(ぬわわわわわっ！)

頭が沸騰して、一気に勃起した。

「亜由美、なーにしてんのよ」

建物の陰から現れたのは、小柄なボーイッシュ美少女。

幼なじみの清里葵だ。

亜由美がセクシーに髪をかきあげる。

「あなたたちがちゃんと付き合えるように、セックス教えてあげようかなって思っただけよ」

「は？」

「ええ？」

葵と涼太が同時に驚いた。

「あ、あのねえ……余計なお世話よ。というか、涼に対してはそういう感情ないから。あくまで友達」

「こっちはそう思ってないかもよ」

亜由美が不敵に笑って、股間をギュッとつかんできた。

「ぐう」

たまらず呻くと、葵はため息を漏らした。

「亜由美ったら、またからかっているでしょ。ざーんねん、海が干上がっても涼となんかあるわけないから」

いや、そこまで言わなくてもよくないか？

「へえ。いらないのね。じゃあ、もらっちゃおうかな」

亜由美があっさり過激なことを言う。

葵が目を吊りあげた。

「そ、そういうのがよくないのよ。好きでもないのに、酔ったらすぐ誰でもエッチなことさせてさあ」

「いいじゃん。ねえ、涼太」

気軽に呼ばれて、腕を組まれた。

葵にすごい形相で睨（にら）まれる。

（なんなんだよ、これはいったい……）

からかわれているのはわかっているが、今までにない現実だ。

頭がバラ色に包まれる。

ぼうっとしていると、亜由美に、

「ねえ、まだ休憩時間なんでしょ。ちょっと海に行かない？　せっかくだし」

と誘われた。

なぜこれほど亜由美は、自分にちょっかいをかけてくるんだろう。

おそらくだ。

亜由美のまわりにはいい男しかいないので、珍しいのだろう。

珍獣扱いだと思うが、それでもいい。

青春のボーナステージだ。

2

太陽が燦々と輝いている。

民宿から歩いてすぐの海水浴場は、ビーチパラソルやデッキチェアだらけ、熱された白い砂浜にいるだけで汗が噴き出てくる。

波は穏やかで、泳いでいる人も多い。

(このへんでいいか……)

涼太は砂浜にビーチパラソルをぶっ刺して、シートを広げた。

すぐ近くにチャラい大学生風の男たちがいて、女の子たちと缶ビールを飲んで楽しく会話している。

うんうん、微笑ましいね。青春だね。

先ほどまでは死ぬほどうらやましいと思っていたが、今はその陽キャたちと対等である。誇らしい。

女子大生たちが着替えてやってくるのを待っている。

しかも、三人ともかなりの美人である。

ひとりはそこまでは言いすぎかもしれないが、客観的に見ればアイドル級の美少女だ。

それとセクシーなヤリマンっぽい美人と、高飛車でクールビューティな三人。

みな性格的には難ありだけど、見た目はすごい。

(葵がいてくれたおかげだよなあ)

こんなアニオタが美人の女子大生たちと仲良くなれるとは。人生は捨てたもんじゃない。特に亜由美だ。

《いいよ、今日は私のおっぱいでシコっても……なんなら、手伝ってあげよーか》

先ほど耳元でねっとりささやかれた、ウィスパーボイスを思い出す。

股間に手を置かれ、さらにはFカップバストも拝めて……。

(か、からかわれてるだけだよな……でも、もしかしたら一回くらいヤラせて……)

妄想したら、海水パンツの股間が硬くなった。

まずいと、大きくなってしまったモノの位置を直そうとしたときだった。

「なあに、海辺でシコってんの？」

すぐ後ろから亜由美の声がした。

ギクッとして慌てて股間から手を離す。

「し、してませんよっ、誰が……」

振り向いた涼太は、あまりのエロティックな光景に息を止めた。

三人の女子大生の水着姿が眩しすぎたのだ。

（すっげー、生水着っ！　エッチだよっ、エッチすぎるっ）

セクシー美女の亜由美は、大人っぽい黒のビキニで、その上から白いパーカーを羽織っている。

そしてとにかくバストが大きすぎて目立っていた。

ビキニトップは首から胸までを布で覆うタイプなのだが、おそらくこの形でないと乳房が重すぎて、支えられないのだろう。

栗色のストレートヘアに、切れ長の涼やかな目。

ピアスやネイルもバッチリで、へそにピアスなんかして……これはおそらく「黒ギャル」ってやつだろう。

「ふわーっ、涼太ってそんな顔するんだ。さすが童貞」

幼なじみの葵も煽ってきた。

「うるさいな。別におまえの水着姿なんかは目に入らないから心配するな」

と葵には子どもの頃と同じように悪態をつくのだが……。

実のところ葵にも胸をときめかせていた。

大きくて黒目がちな目に、ショートヘアの似合う丸顔。

さくらんぼのような赤い唇が色っぽくて、健康的な美少女ではあるが、男心をそそるタイプでもあった。

葵もピンクのビキニを身につけていて、ひかえめながらも充分に女らしい胸のふくらみが、逆に童顔美少女によく似合っていた。

バストは小ぶりだが、太ももはムッチリして、お尻はぷりっとして大きかった。

ウエストがほっそりしているだけに、なおさら小気味よくツンと上向いたヒップがエロいのだ。

「私たちと一緒にいられるなんて、ありがたいと思ってくださいね。まったく、葵の知り合いでなかったら、声もかけませんでしたから」

言葉遣いは丁寧だが毒舌なのが、ダンス部のキャプテン、上野原玲子だ。

三人のうちで一番露出はひかえめだが、ラッシュガードは身体にぴったりフィットして、胸の悩ましい丸みが露わになっている。

亜由美に近い巨乳だから、Ｅカップくらいだろうか。

胸のトップが威張るようにツンと上向いていて、外国人のようなロケットのようなバストをしている。

下は超ミニスカートタイプの水着を穿いているのだが、これがまくれると、下に穿いている白いビキニショーツがチラチラ見えるものだから、まるでパンチラのようで逆にエロい。

つり目がちな猫のような目が勝ち気そのもので、表情から意志の強さがにじみ出ていた。俗に言うクールビューティというヤツである。

性格は高飛車そのもので、セレブのお嬢様らしくお高くとまったところがあった。

三人のうちでは比較的、涼太のことを毛嫌いしていたが、葵の幼なじみということでしょうがなく付き合ってくれているらしい。

（タイプの全然違う美人たちが、仲良しグループってすごいよな……）

美女たちの水着姿の共演は圧巻だった。

まわりの男たちが鼻の下を伸ばしている。

そして涼太に対しては、殺意にも似た嫉妬の視線を送ってきている。圧倒的な優越感で、初めての陽キャ気分である。

「ウフフ。なあによ、顔、真っ赤じゃん。私たちの水着見て、おっきくなっちゃった？」

亜由美が人前などおかまいなしに煽ってきて、股間を触ろうと手を伸ばしてくる。

まずい。まだ勃起が収まっていない。

「し、してないですからっ」

慌てて隠そうとすると、亜由美が覆い被さってきた。

「ちょっ……！」

初めて触れる女体。

しかもFカップの絶世の美女で、しかもビキニだ。

（や、やーらかいっ！　それになんだこの甘い匂いは……）

同じ生物とは思えないほど、身体の丸みが心地よかった。

それに押しつけられたおっぱいの重みや、すべすべの太ももの感触……すべてが気持ちよすぎて、頭がパニックになった。

「ちょっと、亜由美っ。んなことしたら童貞は死んじゃうよ。ほら、とりあえずボクで慣れておけ」

葵もくっついてきた。

こいつはまだ自分のことを「ボク」と言っているのか。

小学生時代が思い出される。ボクと言いつつじゃれてきたのだが、あのときは、まあ可愛いけれど男友達にしか思えなかった。

だが今は、ボーイッシュだけど、はっきり「女」だ。

昔のようにイチャつかれても、昔のように「暑苦しいっ、触るなっ」とは拒めなかった。

「えへへーっ。ほれ、涼、昔みたいにおっぱい触る？　ん？」

葵がイタズラっぽい笑みを浮かべて、亜由美と同じように水着越しの股間を狙ってきた。

ビーチマットの上に押し倒され、ふたりがかりで襲われた。

「なによ、昔みたいにおっぱい触るって？」

亜由美がニヤニヤと茶化すように言う。

「ちょっとおっぱいがふくらんできたから、触らせたことがあるんだよねー」

確かにあった。

あのときは、ちょっとエッチな気持ちになったけれど、まだ性的な感情が芽生えてなくてモヤモヤした思い出だ。

玲子が目を吊りあげて、仁王立ちして見下ろしてくる。

「そんなエッチな関係だったんですか？　こんな無害な顔して、鬼畜！」

顔のところで脚を開いているから、下からスカートの中が丸見えだ。股間に食い込む白のビキニショーツが目に飛び込んできて、慌てて目をそらす。

「あっ、覗いてましたね、このスケベっ」

玲子が脚を閉じ、ぺんっ、と頭を叩いてきた。

その隙に股間を隠していた手が緩み、亜由美と葵の手が、海パン越しの勃起に触れた。

「やあだ、勃起してるじゃん。ん？　あんた、ちょっとデカくない？」

亜由美が言いながら、竿の硬さや長さを確認するような、いやらしい手つきでこすってきた。

「くうっ！」

思わずのけぞると、押さえつけていた葵が笑った。

「なんだよ、ボクが触っても勃起しなかったくせに」

「それは昔のことだろ。うわっ、こ、こするなっ」

葵の小さな手が股間を撫でまわしてきた。

昔は葵に触られても、くすぐったいだけだった。

だが今は……これほどの美少女に成長した葵に触られたら、いくら幼なじみでも反応してしまう。

「あっ、涼のオチンチンがビクビクしてるっ、気持ちわるっ」

押さえつけられたまま、葵に鼻で笑われた。

ムカッとしたけど、こいつもいい匂いがする。

なにせ見た目は清楚なアイドル風の美少女なのだ。そんなアイドル顔で隠語を口にされたら反応してしまうのも当然だ。

「ウフフ。可愛いじゃん。なあに取り乱してるのよ童貞。おねーさんたちが教えてあげようって言ってんのに」

亜由美の手が、涼太の乳首をいじってくる。

「くうう、ちょっと、あ、亜由美さんもやめてっ……」

葵にも乳首をこちょこちょといじられて、耳元で息を吹きかけられる。

玲子が睨んできた。

「ちょっと、亜由美も葵も。そこまで男の子を刺激すると、獣(けもの)なんだから、夜とか襲われますよ」

「い、いや、あの、襲ったりしませんから」

慌てて否定する。亜由美が笑った。

「だってえ、童貞の子っておもしろいんだもん。今朝からずうっと私のおっぱい見てるし、ねえ涼太、シコッてもいいよ、ほれ」

亜由美がビキニの横を指でズラした。

小麦色の大きな球体の中心部に薄いピンクが覗けて、視線が吸い寄せられる。

(ち、乳首っ！　いや、乳輪かっ、見えたっ。ピンクっ)

童貞に女子大生のナマ乳首は刺激が強すぎた。

身体の力が抜けていき、逆に股間がみなぎっていく。

「ウフフッ、やだもう、エッチな目……」

亜由美はさっと乳首を隠すと、涼太の股間をいじる手をさらに強めてくる。

「うわ、涼ってボクのおっぱい見ても、そういう目をするのかな」

葵が大きな目で見ながら、恥ずかしそうにビキニショーツをずらして白いヒップを見せてきた。

「お、おまっ！　何してるんだよ」

「何って、亜由美にはおっぱいは負けるけど、お尻は負けないかなって。ボクさあ、けっこう美尻なんだよ」

「あなたたち、いい加減にしてください。公衆の面前で」

玲子がじろりとこちらを見た。

「いやちょっと待ってください。僕は被害者なんだけど、濡れ衣で……うっ！」

亜由美と葵が、玲子のことなどおかまいなしに、目を細めて股間のふくらみをやわやわと揉んできたからたまらない。

「くうっ」

あまりの刺激にパラソル越しの夏の空を見た。

白い雲。青い海。

炎天下で、しかもたくさんの海水浴客がいる中で、こんな風にエッチなイチャイチャされたら頭がパニクるのも当然だった。

(陽キャだ、陽キャの世界だ。で、でも恥ずかしいっ……そ、それに……)

ヤバイ！　と感じた。

ふたりはスキンシップしているだけだろうが、涼太にとっては人生初の衝撃的な出来事で、うれしいよりも何よりも、あろうことか陰茎が熱くなってきた。

（うわっ、これ、出る……）

会陰（えいん）が痛い。尿道がたぎる。出そうだ。出てしまいそうだ。

だがビーチで射精なんかしたら、人生終わりだ。

「や、やめてくださいってば！」

涼太はふたりを振り切り、サンダルを脱ぎ、灼熱の砂浜を猛スピードでダッシュして、じゃぶじゃぶと海に入っていくのだった。

3

（あ、危なかった……）

海の中。

ぷかぷかと浮かびながら、涼太はため息をつく。

射精まで間一髪だった。だけど、自然と笑みがこぼれてしまう。

（くうう、あんなキレイな女子大生とイチャイチャしてる。陽キャだ。高校生のときに、横目で見ていたスクールカーストのてっぺんだ）

ありがとう、叔母さん。民宿を手伝えって言ってくれて。

浅瀬で首まで海に浸かっていると、ようやく気持ちが落ち着いてきた。先ほどまでは心臓が破裂するかと思っていたのだ。

でもまだ勃起は収まらない。

海の中で、ガチガチに硬くなっている。

股間を硬くしたまま、涼太はぼんやりとビーチを見た。葵と玲子がパラソルの下で日焼け止めクリームを塗っている。

(あれ？　亜由美さんは？)

どこに行ったんだろうなと、何気なく、海の中で勃起の位置を直しながら、きょろきょろしていたときだ。

突然背後から抱きつかれ、涼太は「ひゃっ！」と情けない声を出して、伸びあがった。

股間を触っていた涼太の手に、女性の手が重ねられる。

「あーっ、そっか。逃げたのはシコりたかったのね。ウフフーッ。ねえ、手伝ってあげよっか、涼太ぁ」

亜由美の声だ。

耳元に息を吹きかけられると同時に、うなじにツーッと指を這わせてきた。

「ひいっ……ッ！」

背筋がぞわっとした。

海の中で背後からビキニ美女に抱きしめられて、胸が押しつけられている。

水着のナイロンっぽい素材を通じ、Ｆカップの柔らかさと弾力が伝わってきて、涼太は股間をさらに硬くしてしまう。

「ウフフッ。おっきくなってる。エッチ」

水中では、いよいよ涼太の手をどかして、亜由美の手が水着越しの股間をすりすりと撫でてきた。

（くうう、やっ、やばいっ。気持ちいいいっ）

おっぱいだけではない。

お互い水着なのだから、ほとんど裸同然でイチャついている。

すべすべの太ももや二の腕のぷにぷにした感触、それに潮の匂いに混じって亜由美の甘い匂いが鼻腔をくすぐってくる。

（女の子の身体って、や、柔らかくて、すべすべなんだな……）

しかも男なら誰でも心を奪われそうな、ど派手な美女である。

近くで浮いている男たちがチラチラと、嫉妬混じりの視線をぶつけてくる。

（くうう、優越感……！　なんだけど……）

童貞には刺激が強すぎて、おかしくなりそうだった。

「ちょっ、ちょっとやめてください」

「なあによ。うれしいんでしょう？　童貞くん。ほうら、正直にならないと、おねーさんがこんなことしちゃうもんね」

うれしそうに言う亜由美が、水中で海パンの紐をほどいて、水着を脱がしにかかってきた。

「えっ？　まっ、待ってテッ！」

ばちゃばちゃと暴れてみたものの、相手は女の子だ。

本気では抵抗できないことを見越してか、亜由美はするっと、水の中で涼太の海水パンツを下ろしてしまう。

勃起がビンッと水の中で剝き出しにされる。

チンポがぬるい海水に直接触れた。さらにである。背後から亜由美が直に陰茎を握ってきたからたまらない。

「な、何っ、何してるんですかっ」

肩越しに振り向くと、亜由美が企んだような笑みを浮かべて左手で、涼太に抱きついてきた。

ほとんど羽交い締めみたいにされて、水の中ではほっそりした指が、カチカチの陰茎をそっと包み込む。

水の中なのに、すべすべした手のひらは温かい。

そんな温もりに包まれて、血流がさらに下腹部へと集中し、勃起がビクビクと脈動を始めるのを感じる。

「や、やめてっ、まずいですっ」

信じられなかった。

まわりにたくさんの海水浴客が泳いでいる。すぐそばには、家族連れやカップルがいるというのに、その前で堂々と亜由美が直に陰茎を握りしめて、手コキしてきたのである。

亜由美が耳元でささやいた。

「あはっ。ホントは興奮してるくせに。これほどの美人にオチンチン触られて……ねえ、こういうのも初めてかな、童貞くん」

ゾクゾクしてもう答えられない。無言で何度も頷いた。

亜由美は慣れた手つきで、男性器をゆっくりとシゴいてくる。

「くうう……！」

あまりの快感に、思わず声を漏らしてしまう。

しなやかな女子大生の指が亀頭のカリ首に触れ、全身に電流が走り抜ける。

（女の人にチンチンを握ってもらってる。しかも美人のお姉さんに……）

自分でするのとは、桁違いの気持ちよさだった。

それに加えて美女のビキニおっぱいや太ももが、剝き出しの背中や足や尻に押しつけられていて、水中なのにのぼせそうだ。

「ウフフッ。気持ちいいんでしょ？　ねえ、なーんか、先っぽがぬるぬるしてるのよねえ。これって、ガマン汁ってやつよね」

指が敏感な鈴口に触れてきた。

「あうう！」

あまりの強烈な刺激に腰をビクッとさせて叫んでしまうと、まわりの海水浴客が驚いたようにこちらを見た。

（は、恥ずかしいっ）

羞恥心とスリルと快感で腰がとろけそうだ。

浜辺を見れば、葵や玲子がビーチパラソルの下で寝そべっている。亜由美にエッチな手コキをされているのは、バレていないようだ。

　亜由美がシコシコしながら、またささやいた。

「『あうう』だって。女の子みたいで、かーわいい。ねえ、おしっこの穴に指を入れてあげましょうか」

　冷たく言われてゾクッとした。

　振り向くと、亜由美の切れ長の目が潤んでいた。

（ああ、この人ってSなんだ。男をいたぶるのが好きなんだ……）

　本当に指を入れられそうで怖くなってきた。

　だけど、そんな恐ろしいことを想像するだけで、なんだか妖しい気持ちがわきあがってまた陰茎を硬くしてしまう。

「ウフッ。オチンチンがビクビクしてる。指を入れてほしいのかしらね」

　鈴口をもてあそんでいた指先が、ぐぐっと押しつけられる。

「ああっ、だ、だめですっ。そんなことしたら、チ、チンポが……」

　哀願すると、亜由美は耳元でクスッと笑い、勃起の根元を重点的に、キュッ、キュッとシゴいてきた。

「あっ……あっ……」

腰がとろけておかしくなりそうだった。

指の動きももちろんだが、亜由美が、

「ああんっ。オツユがいっぱい出てきてる、涼太のエッチ……ああっ、はあんっ……」

シゴきながらいつの間にか甘ったるい声を漏らして、ハアハアと熱い吐息を耳に吹きかけてくるからたまらない。

(あ、亜由美さんも興奮してる！)

背後を振り向けば、亜由美がうっとりとした目をして、水中ではビキニショーツの下腹部をこちらの尻に押しつけてきていた。

(腰がこんなに動いて……僕にこすりつけてきて……ああ、も、もしかして亜由美さんも欲しがっているのか？)

童貞にはわからないが、亜由美が興奮しているのは間違いない。

そう思うと、余計にこちらも興奮して、イチモツの奥が熱くなってきてしまった。

「ああ、だ、だめですっ、亜由美さんっ……」

訴えると亜由美が、また耳元に唇を寄せてきた。

「ウフフッ。イキそうなんでしょ？」

もう頭の中がピンク色だ。

恥ずかしくても、やめてなんて言えず、こくこくと頷いてしまう。

「海の中で出しちゃう？　恥ずかしいわねえ、ピュッ、ピュッって、白いものが海面に浮いちゃうんじゃない？」

言うとおりだ。海の中に射精するなんて、おしっこするよりも恥ずかしい。

「だ、だめです……！」

そのとき……本能的なものだった。

射精する前に、少しでも亜由美の身体を味わいたいと、涼太は右手で亜由美のビキニ越しのヒップを撫でたのだ。

「あンっ！」

亜由美が甲高い声を漏らし、ビクッとした。

「やだっ。童貞のくせに、この子ったら……イタズラしてくるなんて……いけない子ねえ」

背後の亜由美が、耳たぶを甘噛みした。

「ウフッ、そういう子にはお仕置きね」

まるで中身を搾り出すように、先端を強く握られた。

「くううう！」

亜由美の指がペニスの包皮を剝いたのだ。

「あ、ああ……」

初めて亀頭部が外気に触れた。

仮性包茎の皮を剝かれ、今まで皮に守られていた生の亀頭部分に指を被せられる。

「……ッ！」

鮮烈な刺激に、歯を食いしばってぶるぶる震える。

背後の亜由美が、クスクス笑った。

「ンフッ。エッチなことをしてきた罰よ。大人のオチンチンにしてあげたから……ガマンしなくていいからね。おねーさんの指で、いっぱい気持ちよくなろうね」

まるで子どもをあやすように言われ、悦楽の波が一気に全身に広がっていく。

「だめっ、亜由美さん、イクッ……」

ふわっとした高揚感が全身を貫いた。

「あ、あ……」

目頭が熱くなって、まるで海の中におしっこするような感覚で、白い樹液を切っ先から吐き出してしまう。

「ウフフ。ぬるっとしたものがいっぱい指にかかったわ。いい子ねえ、こんなにたくさん出して。あはは、そんなに震えなくてもいいのよ」

ソフトに言われたそのときだ。

顔を後ろに向けられたと思ったら、喘ぐ口元を、柔らかいもので塞がれた。

（えっ……？　キ、キス！　えっ、えっ、えっ……？）

まさかの行為だった。

手コキはイタズラですむかもしれないが、まさかキスなんて……。

「んふっ、んううんっ……」

亜由美の舌が優しく、唇を舐めてくる。

もうあたりの視線など気にしていられない。

涼太はうっとりしながら目を閉じて、初めてのキスに酔いしれた。

（ああ……僕……キスしながら、射精させてもらってる……）

夢心地だった。

亜由美の指は最後の一滴まで出させようとするかのごとく、歯磨き粉のチューブみたいに、ギュッと根元から先端に向けて搾られた。

（き、気持ちいい……）

海の中でイチャつくだけでも最高なのに、まさか手コキ射精に、キスまでされて、涼太は経験したことのない高揚感に包まれた。

（射精した後は、なんだか気分が滅入るのに、まだ、してほしいなんて……）

キスをほどいた亜由美が、ささやいた。

「気持ちよかった？」

「は、はい……」

涼太は真っ赤な顔で頷いた。

まわりを見ると、なんだかよそよそしいような、ピリピリするような空気だった。

男たちは血走った目で涼太を見ていた。

（まずい。キスしたところを……）

浜辺に目を向ける。

女子大生ふたりはまだ横になっていた。

（よかった、見られてなかった）

ホッとしたら、亜由美が手をつないできた。

「ウフフ、じゃあ戻ろうか。すっきりしたでしょ？　もう葵や玲子をエッチな目で見られないわねえ。男の子って一回出したら、エッチな気分が消えちゃうんでしょ？」

ニコッとされた。

胸をときめかせ、もう完全に亜由美の虜(とりこ)にされていた。

(もしかして、葵や玲子さんと張り合って、こういうことをしてるのかな？)

それでもよかった。

遊ばれていてもいい。

からかわれていてもいい。

まだ民宿での生活は始まったばかりだというのに、こんな夢みたいなことがあっていいんだろうかと思いつつ、どうしてもにやけ顔が止まらない。

夏の海、伊豆のビーチ。

女子大生との一週間の民宿生活。

なんだかこの先も、いろいろ待っている気がして、胸と股間をときめかしてしまうのだ。

童貞のくせに。

第二章　夜の民宿で初体験

1

涼太は慎重な足取りで民宿に戻ってきた。
何か災害が降りかかるのではないかと、気が気でなかったのだ。
それほどの幸運、というか生まれて初めての体験に、いまだぼうっと夢見心地である。
(すごかったな、亜由美さんの手コキ……いやらしくて……)
海の中で抱きつかれて射精に導かれた。
それればかりではない。
キスされた。

唇と唇。口づけ、というやつだ。

しかもどこにいても目立つような、超絶美人の女子大生にである。

きっと亜由美にとっては軽いイタズラのつもりだろうが、こっちはもう一生ものの思い出である。

(柔らかかったなあ、女の子の唇……それにおっきなおっぱい……)

思い出しながら、サンダルを脱いで民宿の玄関からあがろうとした。

(あててて……)

陰茎がズキズキと疼いてしまって思わずニヤけてしまった。

痛いのに、この大人の痛さがうれしい。女の子に剝かれるという貴重な経験だったからだ。

とりあえず持っていたバッグで股間を隠しながら歩いていく。

海から上がった後、淡いブルーのTシャツとカーキ色の短パンに着替えたのだが、短パンがふくらんでしまっている。

まずいと思うのに、勃起が収まらない。

まいったなとニヤけてるときだった。

「キャッ！　あ、涼くんっ」

廊下の角でばったりと、叔母の文乃に会った。

「あわっ！　た、ただいま……」

焦ってふくらみを手で隠す。

文乃がクスッと笑った。

「ん？　なあに、そんなお化けでも見たような顔して」

文乃の微笑みのその可愛らしさに、涼太はカアッと顔を赤くする。

(キレイだよなあって……そんな場合じゃない。やばいよっ、今、叔母さんに会うなんて……派手に勃起してるのに……)

身内とはいえ、憧れの女性に幻滅されるわけにはいかない。

自分の部屋に向かおうとしたら、腕をつかまれた。

「ちょうどよかったわ。ねえ、涼くん、お願い」

上目遣いに見つめられて、改めてドキッとした。

三十二歳の柔和な雰囲気の和風美人だ。

目は大きく、ちょっとタレ目がちで優しい顔立ち。

肩までの黒髪をボブヘアにして、若々しくも年相応の色っぽさがあって、大人可愛い感じのキュートな叔母だった。

白いブラウスに水色の膝丈のフレアスカートという清楚な格好もよく似合う。

「お願いって、ちょっと今、僕……」

「そんなこと言わずに、ちょっとだけ。来てほしいの」

腕を取られて引っ張られたときに、文乃の胸が肘に当たった。

（おっぱいデカッ！）

もともと叔母のバストは、着ている服越しにも大きいことは知っていた。

しかし、女子大生の亜由美のFカップバストを見てしまうと、よりはっきりと叔母が巨乳だということを思い知らされた。

（どっちのおっぱいが大きいんだろう？　同じくらいか？）

妄想してしまうと、またも勃起した。

「あてて っ」

皮を剝いたばかりのチンポが痛かったのだが、文乃は、

「あ、ごめんね。強くつかみすぎちゃった？」

と腕を引っ張ったと勘違いして、手の力を緩めてきた。勃起がバレなくてホッとしたのも束の間、今度は手を握られて歩き出す。

（うわっ、手、手を握ってる）

涼太は赤面した。

（どうも叔母さんは、僕のこと、まだ子どもだと思ってるんだよな……）

文乃の手の小ささや温もりを感じていると幸せな気分になる。子どもの頃を思い出すと、ようやく勃起が収まってきた。

突き当たりの部屋に来た。

（あれ？　ここって……）

文乃がドアを開ける。

夫婦の寝室だった。緊張した。

ベッドがふたつあり、ひとつは使ってないようだ。長期で入院している叔父さんのベッドなのだろう。

もうひとつは……文乃のベッドだ。

きちんと布団はかけられていたが、少し布団が乱れていて、ここで叔母が寝ているんだと思うと身体が熱くなってしまう。

そして文乃が困ったような顔を向けてきた。

「ベッドの下に大事な書類を落としちゃって、手伝ってほしくて」

「書類？」

聞き返しながら、しゃがんでベッドの下を覗いてみた。

暗くてよく見えなくて、手を入れてみたのだが何もつかめなかった。

「このタンスをずらすと、こっちから手を入れられると思うのよ。一緒にずらしてもらえるかしら」

「なるほど」

タンスに手をかけるが、重くて持ちあがらなかった。

仕方なく引き出しを一段ずつ外して、それから持ちあげることにする。

「でもまさか、葵ちゃんが来てるなんて、すごい偶然ね」

引き出しを外しながら文乃が言う。

叔母は、涼太が子どもの頃によく家に遊びに来ていたから、幼なじみの葵のこともよく知っているのだ。

「うん。びっくりしたよ」

言いながら引き出しを受け取った。

それを見た瞬間、またも股間がムズムズしてしまう。

(お、叔母さんの、し、下着の引き出しだっ！)

ちゃんと畳まれたブラジャーと、丸められたパンツが並んでいる。

白やベージュやアイボリーや薄ピンクの、わりと落ち着いた色で、高級そうなレースの施された下着だった。

(叔母さんって、こういうデザインのパンツやブラジャーを身につけてるんだ……僕に見られてもいいのかな？　恥ずかしくないの？)

ブラジャーやパンティの他にも、キャミソールのようなものや、アンスコのような見せパンらしきものもあった。

「でも、涼くん、よかったわねえ」

文乃が下着を気にすることもなく、別の引き出しを渡してきた。

「な、何が？」

ブラやパンティを目に焼きつけながら、涼太は答える。

「ウフフ、だって……葵ちゃん、昔から可愛らしかったけど、あんなに美人になってるなんて、涼くん、ラッキーだったんじゃない？」

「なっ、だ、誰がっ、あれは友達だよ。昔から男みたいで今も変わってないし」

「ボクも涼のこと、そういう風に思ったことないからね、おばさま」

背後から声がしたので振り向くと葵が立っていた。

まだショートヘアが少し濡れている。白いパーカーと赤いショートパンツという姿はボーイッシュな美少女だ。

「あら、葵ちゃん」

文乃が微笑んだ。

「ごめん、勝手に入って。声が聞こえたから。手伝う？」

葵が言う。

「ううん、大丈夫よ。涼くん、タンスのそっち持って」

「う、うん」

文乃とふたりで引き出しを抜き取ったタンスの位置を変える。

「あー、よかった。ついでにタンスの位置も変えられて、助かったわ」

文乃はそう言うと、すっとしゃがみ込み、こちらにお尻を向けた四つん這いの格好になって、ベッドの下に手を伸ばした。

フレアスカートのお尻が、くなくなと揺れていた。

（エ、エロいっ）

まるでおねだりしているような破廉恥ポーズだ。目が大きなお尻に釘付けになる。

「もう少しで届くんだけど……」

文乃が言いながら、さらにグッと姿勢を低くした。

するとフレアスカートがズレあがって、白い太ももが見えた。

（おおっ……叔母さんの太ももっ、すげえエッチだ）

普段は肌を見せない、大人の女性の秘めやかな白い太ももが眩しかった。

（パ、パンツも見えそう）

息を呑んだときだ。

視線を感じて振り向くと、葵が、じとーっとした目で睨んでいて、涼太はあたふたした。

文乃が立ちあがってニコッとした。

「あーっ、よかった。今日ね、この書類出さないといけなかったのよ」

すると葵がこちらをチラッと見てから、文乃に目を向けた。

「あのね、おばさま」

「なあに？」

「えーっと、おばさまは、涼が小学校の六年生のときまで、一緒にお風呂入ってたんだよね」

急に何を言い出すんだと、涼太は眉をひそめた。

確かに記憶がある。

恥ずかしくて、ちゃんとは見られなかったけど、おっきなおっぱいや陰毛の翳り(かげ)が頭に焼きついていた。あの頃、何度も文乃でオナニーしていたものだ。

「入ってたけど……？」

「ねえ、涼。おばさまの身体って、エッチだったでしょ」

ふたりで慌てた。

「な、何を……」

「やだ……葵ちゃん、何を言ってるのよ」

葵は大きな目を細めて、いやらしく笑う。

「おっきなおっぱいにくびれた腰、それに丸くて、柔らかそうなヒップ……ボクも一緒にお風呂に入ったことがあったけど、セクシーすぎて驚いちゃったもん」

「もうっ。そんなことないわよ。で、それがどうしたの？」

文乃が首をかしげる。

葵がハーッとため息を漏らす。

「もうっ、おばさまったら。わからない？　思春期の男の子って、すごい想像力豊かなのよ。おばさまは自分のことを、アラサーのただのおばさんと思ってるけど、涼はずっと意識してたんだから。今もそう。おばさま、今、涼にスカートの中、見られそうになったのよ」

なんてことを言うんだと、慌てながら文乃を見ると、

「あん、そうなの？」

文乃が目の下を赤らめてはにかんだ。

涼太は慌てて首を横に振る。

「見てないよっ」

「ウソだあ。今晩、おばさまを襲わないでね、涼」

「ば、ばかなこと言うなっ」

顔を熱くして文乃を見た。

文乃はクスクス笑っている。

「やだ、葵ちゃんたら。私、涼くんが赤ちゃんの頃から知ってるのよ。あるわけないじゃない。さ、そろそろ夕食の準備をしないと」

文乃があまり気にしていなくてホッとした。

2

「あのなあ……どういうつもりだ」

民宿のロビーに葵を連れてきて、問いつめようとしたときだ。

葵が股間に触れようとしてきて、慌てて腰を引く。

「何をするっ」

「アソコがギンギンじゃん。もじもじしてるからおかしいと思ってたんだよね。おばさまのスカートの中を見て目が血走ってたもん」

葵がエロいことを口走って笑っている。

昔のように男っぽい雰囲気なら強く言い返せるのだが、ボーイッシュな美少女に変身した葵に淫語を使われると、どうにも照れる。

「やっぱ、ボクがしないとダメか」

葵が腕組みした。

「何をするんだよ」

「童貞卒業」

「は？」

からかうなよと言いかけて、また股間に手を忍ばされた。

ちょっと気を抜いていたから思いきり触られ、そのまま身を寄せられた。

愛らしい顔が近くにあって、ドキッとした。

「感謝しなよ、こんな可愛い女の子に触ってもらえてるんだから。童貞のくせに」

疑いもなく可愛いけど、言い方が昔のままでカチンとくる。

「いや、お、おまえに触られたってうれしくないからな。誰か来たらまずいだろ」

拒否しようとしたら、逆に葵がぴたりとくっついてきた。

パーカー越しの胸の弾力を感じて、うっ、と息がつまる。

（や、柔らかい……こいつ、ノ、ノーブラだ）

ひかえめながら、ちゃんと女らしいふくらみがあって身体を熱くしてしまう。それに気づいたらしく、葵が見あげてきてニヤッと笑う。

「ボクのおっぱいでもビクビクさせちゃうんだ」

短パン越しのいきり勃ったモノを撫でまわされる。

皮が剝けたばかりのチンポを、葵であっても女子大生の手で愛撫されると、ますます芯が熱く疼いてしまう。

「くっ。や、やめろって……誰か来たら……」

「おばさまや亜由美を襲うかもしれないから、先に解消させてあげようとしてるんだから、もっと感動してほしいなあ。ボク、海辺でナンパされまくったんだから」

言うとおり、可愛い。

口惜しいが、ショートヘアのボーイッシュな美少女は、かなりモテるだろう。

ノーブラおっぱいの感触もたまらない。触ってみたいと性的な欲求もある。

だけど頭の中には男っぽかった葵の姿がある。

その記憶がどうしても邪魔をする。

そのときだ。

背後で女の子たちのかしましい声が聞こえてきて、葵は素早くこちらの股間から手を引いた。

「あれー、葵っ、海行ったんじゃなかっけ?」

振り向くと、玄関先で女子大生たちがコンビニの袋を持って、こちらに向かって手を振っていた。葵が彼女たちに合流するのを見ながら、童貞卒業させてくれるって、どこまで本気なんだろうと考えてしまった。

3

食堂での夕食を終えた後だ。

片付けを終えた涼太がロビーを通ると、テーブルを囲んで葵、亜由美、玲子の仲良し女子大生三人組と、なぜか文乃がソファに座って一緒にトランプをしていた。

「あっ、涼太っ。一緒にやろー、ババ抜き」

亜由美に見つかり手招きされた。

文乃もこちらを見て「涼くん、一緒にやらない？」と誘ってくる。

（ん？　葵はわかるけど、亜由美さんと玲子さんと叔母さん、いつの間に仲良くなったんだろう）

もちろん断る理由はないので、ちょっとびびりながらも、ふたりがけのソファにいた文乃の隣に座る。

カードが配られた。ジョーカーはなかった。

「あ、叔母さん、あの明日は何時？」

訊（き）くと、文乃が赤ら顔でニコッと微笑んだ。アルコールの匂いがした。

「えーと、葵ちゃんたち、練習に行くのは十時だっけ？」

舌足らずな声で文乃が訊きながら、葵のカードを取る。

（あれ？　叔母さんが飲んでる……珍しいな）

頬が上気して、タレ目がちの双眸がアルコールのせいでとろんとしている。二重の瞳が酔いもまわって濡れ光っていた。白いブラウスの胸元もほんのりと赤らんでいて色っぽかった。

「何時だっけ？」

葵が亜由美に訊きながら、彼女のカードを一枚取った。

こちらも頬が赤い。メイクを落としたからさらに幼くなって、高校生みたいなあどけなさだ。Ｔシャツにジャージという色気のない格好だが、風呂あがりでショートヘアがちょっと濡れていて甘い匂いがした。

そして、Ｔシャツの胸のところにポッチが浮いているように見えて、えっ、と思った。

（こ、こいつ、またノーブラだ）

見ないでおこうと思っても、目が吸い寄せられる。

ブラジャーを身につけていない、生々しいふんわりしたふくらみが、どうしても童貞の妄想をかき立ててしまう。

「十時よねぇ、キャプテン」

亜由美が玲子からカードを取る。あっ、という顔をしたからジョーカーを引いたのがなんとなくわかった。

向かいに座る亜由美も風呂あがりで、しっとりといい匂いがする。

肩までの栗色ヘアがわずかに濡れていて、メイクを落としたはずなのに彫りの深い端正な顔立ちは変わらない。元がいいのだ。

そしてシルクのようなパジャマを着ている。

おっぱいは、いつ見ても大きい。

「十時ですけど、明日の練習は今日よりハードにいきますからね」

玲子が真面目に言うと、亜由美と葵が「ぶーぶー」とブーイングした。

同じく玲子も風呂あがりだ。

タオル生地のような、もこもこした素材のパーカーとショートパンツ。

勝ち気な感じのクールビューティには似つかわしくなく、可愛らしいルームウェアだった。

そして他のふたりと同じように、ほぼノーメイクでも美人だった。

（しかし……タイプは違うけど、すげえ美人の三人組だよな。この美人女子大生三人に負けない叔母さんもすごいけど）

文乃の美しさは、女子大生たちにひけをとらないのがすごい。

三十二歳でも可愛らしい雰囲気で、さすがに女子大生は無理があるけど、他の三人のちょっとお姉さんでも通じるくらいの若々しい雰囲気だった。

「きゃー、負けたー」

葵が最終的にジョーカーを残した。

「ざんねーん。じゃあ罰ゲーム……って、何しよう、この童貞くんとキスでもする？」

亜由美がこっちを見て、ニヤリと笑う。

「は？」

狼狽(うろた)えていると、葵がフンと鼻を鳴らした。

「しないよー、涼となんか。キスなんかしたら夢に出てきてうなされる。ナイトメアだよ」

相手が葵でもムッとした。

「僕だって、選ぶ権利はあるよ」

「へええ、言うじゃないの、童貞くん」

亜由美が次のゲームのカードを配りながら言う。

「じゃあ、私が代わりにしてあげようか？」

目を細めて見つめてきた。

昼間、海でキスされたことを思い出して全身が熱くなる。

「まったく亜由美ったら。女性経験のない人をからかうのは酷ですわ。全然タイプが違いますよね、今まで付き合った方と」

玲子がカードを引きながら言う。

「確かにね、でも、この子、わりと可愛い顔してると思うけど」

亜由美が反論する。

「そうですか？　この手のタイプは、初心なフリして女性をとっかえひっかえな感じがします」

玲子が睨んできた。ひどい誤解だ。

「んなわけないですっ。女の子と、つ、付き合ったこともないのに」

カードを引いた。見事にジョーカーだった。

続いて葵が笑いながらカードを引く。

「そうね。『葵のおっぱいなんか触るかよ』なんて言っておきながら、いやらしい顔で揉もうとしたし」

「してないだろ」

「いいえ、しそうです。そういう顔をしています」

玲子がぴしゃりと言う。

このキャプテンは、なんでこれほどつっかかってくるのか。

「ウフフっ。涼くんが、こんなにモテモテだとは知らなかったわ」

文乃が一連のやりとりを聞いて微笑んだ。

「からかわれているだけだよ」

本気で言うと、亜由美がじっと、こちらの目を覗き込むように見てきたので、ドキッとした。

「あんた、文乃さんに気があるんじゃない？」

ギクッとした。

慌てて文乃を見るも、文乃は顔の前で手を横に振った。

「亜由美ちゃんたら、面白いこと言うのねえ。おばさんは、あなたたちのひとまわり年上よ。涼くんも息子みたいなものよ。そんなわけないでしょう」

「またまたあ。文乃さんってすごくキレイじゃない」

亜由美の言葉に、玲子と葵がうんうんと頷いた。

「モデルさんみたいですわ。旦那さんがうらやましいです」

玲子が言う。

それを訊いて、文乃が、

「やだわ。お世辞でも女子大生から言われるとうれしいけど……」

「おばさま、でも、おじさまとラブラブなんでしょ？」

葵が文乃に訊く。

叔父さんのことは言われたくないようで、文乃が照れた。

「な、何を言ってるのよ、葵ちゃんたら」

亜由美が話題に入ってきた。

「旦那さんが一ヶ月も入院してたら、寂しいんじゃないですか？」

「まあ、そうね」

文乃が笑ったけれど、ちょっと涼太は「あれ？」と思った。叔母の笑顔が引きつったように見えたが、気のせいだっただろうか。

亜由美が伸びをしながら言った。

「一ヶ月も相手がいなかったら、私だったら身体が疼きまくるなあ……ねえ、文乃さんて、どうしてるの？」

「何が？」

「性欲の解消」

亜由美があっけらかんと下世話なことを言う。

文乃が赤面して苦笑いする。玲子が亜由美を睨みつけた。

「亜由美ったら、もう！　ごめんなさい、文乃さん」

玲子が頭を下げてからカードを取った。

「ねえ、おばさま。結婚ってやっぱいい？」

葵が無邪気に訊いてくる。

文乃が、そうねえとカードをこちらに向けてきた。

残り二枚だ。どっちだろうと考えながら、カードを一枚ずつ触って、文乃の反応を見る作戦に出た。でもどっちを触ってもニコニコしている。

「そうねえ……人それぞれじゃないかしら」

文乃のその言葉に、涼太は驚いた。

『結婚はいいものよ』と言うとばかり思っていたからだ。

涼太が右のカードを引く。

ジョーカーだった。文乃がイタズラっぽい笑みを見せてくる。

「いいなあ。旦那さん、こんな可愛い奥さんをもらって」

亜由美が文乃に言う。

文乃が真っ赤になって、首を横に振る。

「やだもう、いい加減におばさんをからかわないで」

「えー、ホントだよ。おばさま、昔からすごい美人だったもの。嫉妬しちゃうくらい」

葵も話題に乗っかる。

「あんまり否定すると、こっちが哀しくなりますわ」

玲子が小さくため息を漏らす。

美しさはひけをとらないが、色っぽさなら確かに文乃に軍配があがりそうだ。

そんな文乃に嫉妬したのだろうか。

女子大生たちの質問が、さらにキワドくなってきた。

「ねーねー、文乃さんって、エッチして気持ちいいときとか、声出しちゃうタイプ？」

亜由美がいきなり言い出した。

文乃が目を大きくして可哀想なくらい狼狽えた。

「な、何を言ってるの！　もうっ。亜由美ちゃんったら」

「えっ、でもちょっと知りたいかも、おばさまがどんな風にセックスするか」

葵も酔った勢いなのか、あっさり話に乗ってきた。

玲子はしかめっ面だ。

文乃が真っ赤な顔のまま、困った表情をつくる。

「や、やだわっ……最近の女子大生って」

言いながら、こちらに向けてカードを差し出した。左を引くと、ちょうど手持ちの三とペアになって、すべて手札がなくなった。

最後の一枚を持っていたのは文乃だった。どうやら一周まわって、ジョーカーが戻ってきたらしい。

「さ、もう寝ましょう」

文乃が立ちあがってロビーから出ていくときだ。

なんだか哀しそうな顔をしていたのは、気のせいだったろうか。

4

涼太は風呂からあがると、滞在中に借りている部屋に入った。

民宿の一階の客間が涼太の部屋である。そこに布団を敷いて潜り込んだものの、目が冴えてなかなか眠れなかった。

(叔母さん、様子がへんだったなあ)

とにかくテンションの高い陽キャな女子大生たちだから、一緒にいて気疲れしたのかもしれない。

それでもババ抜きに負けて、ロビーから出ていくときの、哀しげに曇った表情が気になった。

(叔父さんのことかな。容体がよくないとか?)

しばらくスマホを見ていたら、深夜一時になってしまった。

眠れないので、水でも飲もうかと部屋を出る。

女子大生たちの部屋は二階と三階。

さすがに深夜だ。声は聞こえない。

ふと廊下の突き当たりにある叔母さんの寝室の方を見ると、ドアからほんのわずかに明かりが漏れていた。

(まだ起きているのかな、それとも常夜灯かな)

何かするつもりなんてなくて、何気なく寝室にこっそり近づいたときだ。

「ん……んっ……」

ドアの隙間から、ほんのわずかな吐息が聞こえた。

寝息ではない。もっといやらしくて色っぽい声だった。

例えるならエッチな動画を見ているときに、イヤホンから漏れて聞こえるような喘ぎ声に似ていた。文乃がそんな動画を見るわけがない。

ということは……。

(これ、叔母さんの声だよな)

一気に頭が沸騰した。

かなり色っぽい声だ。寝言ではない。もっとはっきりと聞こえる。

(こ、これって……まさか……)

女性も男と同じように、ひとりで慰めるときがあると聞くが……まさか、叔母さんがそんなこと……あの柔和な雰囲気で貞淑な文乃が、破廉恥なことをするのだろうか。

だが、可愛らしくてほがらかでも、人妻だ。

亜由美たちが言ったように、大人の女性は性欲があるはずである。

ということは、やはりこの声は……。

「ん、んううん……」

悩ましい声は続いている。

興奮した。

そしてこの声が文乃なのか、そして……もしかして、ひとりで慰めているときの声なのか……確かめたくなった。

もっとはっきり聞けないかと、そっとドアノブをまわして押すと、わずかにドアが開いてしまった。

思ったよりも大きな音がして、涼太は固まった。

「誰？」

文乃の声がした。当然ながらバレてしまった。

まずい。このまま閉めて戻ったら、叔母の寝室を覗くヘンタイとして、明日からえらいことになる。

ええいっ、とドアを開ける。

「りょ、涼くん……？」

薄明かりの中、文乃がベッドから半身を起こして驚いた顔をした。

（ど、ど、どうしよう）

エッチな声が聞こえたから……なんて言えるわけがない。

「ちょっと、ドアの隙間から音が聞こえて……」

「音？　音って……」

文乃が顔を赤くしたのがわかった。

「い、いや、ほんのちょっと、ちょっとだけだから……なんか聞こえたなあってくらいで、もちろん、それでも開けたらだめなのはわかるんだけど」

自分でも何を言っているのかよくわからない。だけどとにかく文乃を辱(はずかし)めるようなことだけは言うわけにはいかない。

文乃がうつむいて、じっと何かを考えている。

じっと汗がにじんできた。きっとあのときの声を聞かれたと思っているのだろう。

明日から気まずいな、と思っていたときだ。

「あ、あの涼くん……その……よかったら、ここで……い、一緒に寝ない？」

「えっ？」

いきなりのとんでもない言葉に、心臓が固まった。

文乃が慌てて顔の前で手を横に振る。

「ち、違うのよ。その……昔、ほら、よく一緒に寝ていたでしょ。なんだか懐かしいなと思って」

「あ、ああ……」

驚いたが、文乃に他意はなさそうだ。やはりこちらをまだ子どもと思っているのだろうか……。

そう思う一方で、恥ずかしい声を聞かれたのもわかっているはずだ。

その上で一緒に寝ようなんて……叔母の真意がまるでつかめない。つかめないけれど、拒むことはできなかった。

「い、いいけど……いや、でも……」

「ウフフ。うれしい」

どうやらまだ酔っているらしく、文乃はやけに楽しそうだった。

(い、いいのか……いいんだよな……寝るだけだから……いや、でも完全に子どもとは思ってないよな……まさか……寂しいから抱いて……なーんて)

葛藤しながらも短パンのまま近づくと、文乃はタオルケットをめくって、

「いいわよ、入ってきて」

と本気で招き入れようとする。

文乃が着ていたのはベージュのワンピースタイプの部屋着で、ミニ丈なので太ももが見えてるし、おっぱいのふくらみも悩ましく盛りあがっている。

(意外と、セ、セクシーなの着てるんだな、叔母さん……)

息を整えつつ、そっと入っていく。もちろんくっつくことはできないのでちょっと距離を取ると、

「そんなに離れてたら、ベッドから落ちちゃうんじゃない?」

「う、うん……」

言われて近づいた。身体が触れそうなぎりぎりだ。

顔と顔が近い。

常夜灯のぼんやりした明かりの中でも、キュートな顔立ちがわかる。タレ目がちな双眸に小さな鼻と薄い唇。さらさらの肩までの黒髪。

噎(む)せ返るようなムンムンとする甘い体臭が、布団の中から濃厚に漂う。

仄(ほの)かな甘い息づかいに、温かなぬくもり……。

あふれんばかりの色香と成熟しきった身体は、やはり女子大生の年齢では出せない

ものだと感じた。

（やばい……ッ）

緊張しているのに、股間が硬くなるのがわかる。

鎮めようとすれば逆効果で、ますますいきり勃ってしまうのだ。

「どうしたの？　強張（こわば）った顔をして……叔母さんなのに緊張してるの？」

「だって、それは……なるよ……だって……」

「……大きくなっちゃってるから？」

「えっ……くっ！」

文乃の手が伸びてきて、短パンの上から股間を撫でられた。根元から先端に向けて優しい指遣いでゆったりとこすられる。

「うぐっ」

全身に電流が流れたみたいに、身体が強張る。

「……涼くんも大人になったのね」

甘いアルコールの息を吐きながら、文乃がジャージの上から、すり、すりっ、といやらしくこすっていく。

（……夢じゃないよな）

ドキドキしすぎて、頭がとろけそうだった。

昼間、亜由美に手コキされたばかりだ。まさか憧れの叔母にまで、同じことをされるなんて……。

(夏ってみんな解放的でエロくなるのかな)

強張った顔をしていると文乃が心配そうな表情をした。

「いやだった？　いやよね、叔母さんにこういうことをされるなんて……」

反射的に顔を横に振ってしまった。

「あ、いや……その……」

「……葵ちゃんが昼間に言ってたことって、涼くん、ホント……？」

「え？」

文乃は恥ずかしそうに目を伏せて言う。

「私の、その……スカートの中を覗こうとしてたなんて……」

ギクッとした。

汗が噴き出てくる。

「そ、それはその……ごめんなさいっ」

とぼけることもできたけど、関係が悪くなるといやだから、正直に言った。

すると、文乃はしばらく考えてから、

「ホントなのね」

と言って、嘆息した。

(ああ、軽蔑されたかな)

白状しなければよかったかなと、後悔していたときだ。

(え？)

タオルケットの中で、文乃がこちらの手をつかんできて、ミニ丈のワンピースの部屋着の中に導いてきた。

「……！」

涼太は息を呑んだ。

温かくてムッチリした生太ももに、熱気をムンムンと帯びた下腹部……そればかりではない。つるつるした素材のパンティに触れた。

(ああぁ！)

脳みそが飛び散るんじゃないかと思うほどに興奮した。憧れの叔母のパンティに触れている。

しかも底の方がじっとりと湿っているのがわかる。

短パンの中の肉棒が硬くなった。

そこに触れていた文乃の手が止まり、叔母はとろんとした、見たこともないエッチな顔を近づけてきた。

「……いいのよ……その……私の身体に興味があるなら……」

耳元で甘くささやきながら、文乃が腰をもっとこちらに押しつけてきた。

（えっ、えっ？　お、叔母さんがこんなにいやらしいことを……）

信じられなかった。

だがこれは夢じゃない。

はっきりと叔母の、股間の温もりも湿り気も感じている。

「ねえ……涼くん、女の人の経験あるの？」

かすれ声で訊かれた。

亜由美には手コキされ、キスもされた。

しかし、あれは単なるイタズラだ。

「な、ないよ。付き合ったことも」

「ウフフッ。モテそうなのに、子どもの頃からシャイだったものね。ごめんね、初めてなのに、こういうことを叔母さんがしてきて……イケナイことってわかってるのよ、でも……」

文乃が潤んだ目で見つめてきた。

（ああ、叔母さんはきっと寂しいんだ）

なんとなくわかった。おそらくあの女子大生三人と話して、叔父さんがいない寂しさを改めて感じたんじゃないだろうか。

そうでなければ、こんな破廉恥なことを、いきなりしてくるわけがない。

（そうか。だったら、い、いいんだ、いいんだよな。寂しいんだから……）

自分を奮い立たせながら、指をパンティの上からグッと押した。

「あンっ……」

文乃の嚙みしめていた歯列がほつれて、くんっ、と細顎が上がる。

うわずった声を漏らした文乃は、半開きの口のまま、ハアハアと色っぽい吐息を漏らし始める。

（お、叔母さんが……ここまでエロい表情をするなんて……！）

猛烈に興奮し、さらにパンティの上から指でなぞる。

パンティの薄布越しに、柔らかい恥肉のしなりを感じる。指を動かすたびに、ねちゃ、ねちゃ、という水音が、かすかに耳に届いてくる。

（もうここまで濡らして……この中はきっと、ぬるぬるだ……）

抑えていた箍が完璧に外れた。

涼太は無我夢中で、文乃のパンティのクロッチの横から指を滑り込ませる。

ふっさりした繊毛の感触の下に、ぬるぬるした女のアソコを感じた。そしてワレ目があって、びっしょりと濡れた粘膜があった。

（いやらしいスジがある。こ、これがおまんこだっ）

そして物腰の柔らかい、ほんわかした叔母が、女の恥ずかしい部分をぐちょぐちょにしていることにも、さらに昂ぶりを感じた。

もう止まらなかった。

指先で濡れ溝をおそるおそるなぞっていると、文乃は、

《もっと入れてもいいのよ》

とばかりにぐいと腰を押しつけてきた。

その瞬間、指が小さな穴を探り当てたと思ったら、中指がぬるり、と温かな膣の中に嵌まっていき、

「ああンッ……ッ」

と文乃が、甘ったるい感じた声をあげて、ぎゅっと腕にしがみついてきた。

（え？　指が……は、入ったっ。ここがチンポを入れる膣穴なんだっ。うわっ、ぬるぬるしていて、あ、熱いっ）

戸惑っていると、文乃はハアハアと息を荒げて腕にしがみつきながら、左手で涼太の短パンとパンツを下ろして、直に勃起をぐっと握ってきた。

「くっ……！」

いきなり猛烈な射精欲を覚えた。

亜由美に皮を剝かれたままの状態で大きくしたので、おそろしいほどの快感が身体の中でふくれたのだ。

「ああ、で、出ちゃいそう」

「ウフフ。いいのよ……」

文乃が優しくゆったりとシゴいてくる。

興奮の坩堝（るつぼ）だった。もうどうにかなってしまいそうだ。

心臓がバクバクと脈打つ中、文乃の体内に嵌まり込んだ指を動かした。

やり方なんかわからない。ただ、ＡＶで見たとおりに指を前後に出し入れさせて、ぐちゅ、ぐちゅ、とかき混ぜる。

「あっ……あっ……」

感じているのだろう。腕にしがみつきながら文乃が小刻みに震えている。

もう涼太の肉竿をシゴく余裕もないのか、ただ握りしめている。

表情を見れば、目を細め、眉間に悩ましい縦ジワを刻んで、大きくて優しげな目は濡れて宙を見入っている。

手のひらで口元を押さえつつも、声が漏れてしまっている。

気持ち良くて感じている声を、なんとか必死にこらえているようだった。

(ああ、僕が女の人を……叔母さんを感じさせている！)

さらにである。

文乃は根元近くまで入っている涼太の中指を、もっと奥まで触ってとばかりに、膣粘膜をこするように腰を押しつけてくる。

あの文乃が、こんなあられもない所作(しょさ)をするなんて……。

やはり可愛らしくても三十二歳の人妻だった。普段はしとやかな叔母のエロい仕草を見て涼太はさらに昂ぶり、奥に指を入れた。

「あ、アンッ」

文乃の声がいっそう甲高くなり、いやらしいものになっていく。

もう余裕もないのか、震えながらひっきりなしに、ひかえめだけど色っぽい吐息を漏らしている。

もっと感じさせたい。

涼太は指をぐっと押し込んだ。指先にぷっくりしたふくらみがあって、それを指の先でこすりあげた。

「あっ、はあんっ……」

文乃がひときわ可愛い声を漏らし、ぐぐっ、と背中をのけぞらせる。

柔らかいそこを連続でこすると、

「あはんっ……ああんっ……はあっ……ああんっ……」

と枕をギュッとつかんで身をよじったり、目を閉じて恥ずかしそうに顔をそむけたりしている。おそらくかなり感じる部分なのだろう。

(すごい、おばさんが淫らな姿に……)

文乃の全身が汗ばみ、甘ったるい汗の匂いと、生々しい愛液の匂いを放っている。

シーツはもう蜜や涼太の汗でシミだらけだ。

指を入れている膣内はどろどろで、媚肉が生き物のように収縮を繰り返す。おびただしい愛液がにじみ、指ばかりか手のひらまで温かい蜜まみれだ。

耳鳴りがして、全身の脈が沸騰するくらいに昂ぶってしまっている。

もっと感じさせたい。

指を曲げて今までと違う部分に指を届かせたときだ。

「……あぁッ！」

文乃が大きく声をあげ、涼太の愛撫する右手を爪が食い込むほど強く握りしめてきた。膣内がキュッと窄まって指が締めつけられた。

「お、叔母さんっ……」

文乃は目をギュッとつむり、涼太にしがみつくように震えている。

やがて、まるで操り人形の糸が切れたように、文乃は全身を弛緩させ、ハアッ、ハアッと荒い息を吐いた。

(まさか、イッたんじゃ……)

わからない。

わからないけれど、この差し迫った様子は尋常な状態ではないと思う。

文乃は汗まみれのまま目を開けて、恥ずかしそうにはにかんだ。

「ごめんなさい……すごく気持ちよくて……」

その表情はやはり達したようだ。信じられない。

あまりの光景に呆けていると、文乃がうっすらと笑みを漏らした。

「涼くんも気持ちよかったのね……」

「えっ？」

言われて初めて、下半身が疼いているのを感じた。

タオルケットを剝ぎ取ってみたら、文乃の手と部屋着やシーツに、べっとりと精液が垂れてしまっていた。

5

「あっ！　ご、ごめんっ……ティッシュ」

脇にあったティッシュ箱から何枚か抜き取り、文乃の服についた精液を拭おうとした。

「いいのよ、ウフフ」

文乃はベッドにしゃがむと、ワンピースタイプの部屋着の裾に手をかけて、一気にめくりあげた。

（おおお！）

頭から部屋着を抜き取ると、白いブラジャーに包まれた乳房が、ぷるるんと揺れて露わになった。

もちろん下もだ。

白いパンティを身につけた、文乃の下半身が剝き出しになる。

(し、下着姿……ブラとパンティだけの叔母さんが目の前に……)

初めて見る女性の下着姿に、心臓がバクバクする。

「洗えばいいだけだから、気にしないで。やだ、そんなに見ないでよ。女子大生のあの子たちとは、全然違うんだから」

可愛らしく文乃が恥じらう。

「そ、そんなことないよ。キレイだよ」

「あら、涼くんって、そういうお世辞も言えるのね」

「違うってば」

お世辞などではない。

刺繡(ししゅう)の入ったフルカップのブラジャーが、はちきれんばかりのたわわなふくらみをギュッと押さえつけている。腰のくびれがあるのに、下半身はムッチリしている。大きなお尻とボリュームある太ももが実に女らしくていい。

「その……叔母さん……僕の憧れだったから……」

こんなときしか言えないことを伝えると、文乃はちょっと驚いた顔をしたが、すぐに柔和に微笑んでくれた。

「……そっか……ううん、うれしいのよ」

複雑な表情だった。

叔母からすれば、実の息子のようなものだろう。

性的な欲求を向けられて、素直には喜べない気持ちもわかる。だが一方でこちらを男と見てくれている。

だからこそ、寂しいと頼ってきたのだ。

涼太は思いきって言った。

「好きだったよ、ずっと」

「ウフフ……そうね、そこがそう言ってるかも。若い子ってすごいのね」

文乃が股間をちらりと見て恥ずかしそうに言う。

しゃがんだまま下を見ると、ツノのように、射精したばかりのイチモツがみなぎっていた。

慌てて手で隠す。

文乃がじっと考えたような顔をしてから、

「……叔母さんとしたい？　涼くん……」

とかすれ声で訊いてきた。

（したいって、セ、セックスだよな、もちろん……）

小さく頷いた。

したくてたまらなかった。

相手は叔母だ。そして人妻だった。本当にしてもいいのかという思いに、気後れや戸惑いが生じるが、本能には勝てない。

「……私が初めてでもいいのね……？」

文乃が恥ずかしそうに目を伏せながら、ぽつりと言う。

「い、いいよ、いいに決まってる」

「ウフフ。わかったわ」

文乃は両手を後ろにまわした。

白いブラジャーがくたっと緩み、乳房がぷるるんっと露わになる。

息が止まった。

（うわっ、こ、これが女の人のおっぱい……）

呆れるほど大きかった。

わずかに左右に垂れてはいるものの、下乳がしっかりと球体をつくっている。頂の乳輪は大きめで、柔らかそうにふくらんでいた。

白い肌に暗いピンクの乳輪がいやらしすぎる。

文乃が恥じらいながら、ベッドの上で仰向けになる。

おっぱいは上を向き、ゆらゆら揺れている。もう目が離せなくなってしまう。

「いいわよ、触って」

「う、うん」

震える手で、そっと乳房をつかんだ。

思ったよりも柔らかくて、ふにょっ、と指が沈み込む。

たまらなくなって、両手で揉みしだいた。

「あっ……んっ……」

文乃がピクンっ、と震えて腰をよじる。初めて触れた女の人のおっぱいに、涼太の理性は振り切れた。

顔を近づけてみると、ふわっと甘いラベンダーのような匂いと、汗の甘酸っぱい匂いがした。

もうだめだ。静脈が透けて見えるほどの白い乳房にがっつき、乳輪ごとむしゃぶりついてチューッと吸いあげる。

「あんっ、いきなり……そんなに、ああんっ……」

文乃は戸惑いつつ、気持ちよさそうな声をあげ、顔をぐっとのけぞらせるのが見えた。

(ガマンできないよっ……叔母さん……ッ)

おっぱいの先を舌で舐め転がしながら、腰をぐいぐいとこすりつける。

射精したばかりの切っ先を、濡れたパンティの上から押しつけると、文乃が真面目な顔をして見つめてきた。

「入れたくてたまらないのね。いいのね……初めてが私で……叔母さんで……」

「い、いいに決まってるよ。ああ……叔母さん……」

夢中になってパンティを脱がしていくと、

「ああん……」

文乃はせつなそうな、恥ずかしそうな顔をする。

(おおっ！)

叔母を生まれたままの姿にして鼻息が荒くなる。

おっぱいの大きさや、太ももの太さもそうだが、腰のあたりが柔らかそうで、これが三十二歳の熟れた肉体かと胸がときめいた。

「やだっ……」

恥ずかしいのだろう。文乃は膝を立てて恥部を見えないようにしている。

涼太は膝を持ち、そっと脚をM字に開いていくと、文乃はなんとも困ったような、それでいて何かを期待しているような、色っぽいとろけ顔を見せてくる。

自然と頭が熱くなる。

大きく脚を開いていくと、いよいよ文乃の恥ずかしい部分が見えてくる。

(こ、これがおまんこっ！　おまんこだ……すげえ……)

初めて直に見る女性器に身体が震える。

思った以上に麗しい亀裂は、黒ずみもなく、そして中にはピンクの媚肉がみっちりとひしめいている。

肉ビラも外側も蜜にまぶされ、ぬめぬめと光っていた。

文乃は目を閉じて、ハアッ、ハアッ……と大きく息をしているから、大きなおっぱいが呼吸でゆっくり上下していた。

(緊張してる……叔母さんも……)

そっと指でワレ目に触れると、

てくる。
　さらに指でいじると、ねちゃねちゃという音がして、また、しとどに愛液があふれ
　文乃が口元に指を持っていき、噛みしめながら、甲高い声を漏らした。
「んうっ……ふううン……」

（これ、もう大丈夫だよな、こんなに濡れてるんだし……）
　緊張しながら勃起を近づけたときだ。
　あっ、と全身が硬直した。
　ゴムがないっ……！
　戸惑っていると、汗ばんだ顔で文乃が微笑んで見つめてきた。
「いいのよ。叔母さん、大丈夫だから……そのまま入れて……」
　さすが大人の女性だった。
　童貞が何を困っているか、すぐにわかったのだろう。
（叔母さんがいいと言ってるんだ。きっと大丈夫だ）
　あとはちゃんとやれるかどうかだ。
　正直、自信はなかった。
「わ、わかった……じゃあ……こ、このまま入れるね」

唾を飲み込んで、M字に脚を開いた文乃を眺める。

（ああ、ホントにするんだ……セックスを……しかも憧れだったとびきり美人の叔母さんと……）

涙が出そうだった。

緊張と興奮でぶるぶると震えながら、いきり勃つ肉棒の根元を持ち、ワレ目に切っ先を押しつける。

これほどの小さい穴に入るんだろうか。

でも指は入った。

きっと、叔母さんが導いてくれる。大丈夫だ。

「あんっ……ゆっくりね……もう少し下よ、ンッ」

文乃に言われたとおりに、下に切っ先を向けたときだ。

いきなり濡れた入り口を押し広げる感覚があって、勃起がぬるりと嵌まり込んでいく。

「ああッ……！　はああんっ！」

文乃がのけぞり、ギュッとシーツをつかんだ。

「は、入った……くううっ」

煮えたぎる果肉に、ペニスを突っ込んだみたいだった。

（ああ、これがセックス……すごいっ。うねうねして、あったかくて、締めつけてくる）

想像以上の愉悦だった。

「ぁあああ……！」

無理に腰を押し込んでいくと、ぬかるみをズブズブと穿って奥まで入っていく。

文乃が上体を浮かせ、顔を跳ねあげた。

「そんな……いきなりっ……」

どうやら性急すぎたようだ。

だけど、調整なんかできない。

もう頭がまわらない。

「ああっ、叔母さんっ……気持ちいいっ！」

わけもわからぬまま腰を振った。

「ンッ……はあんっ……涼くんっ……硬いっ」

入れたまま見れば、文乃が目を閉じて甘い声を漏らしていた。

頬には髪が張りついて、汗ばんだ素肌から甘酸っぱい匂いと、結合部からは生魚のような生々しい匂いがした。

いやらしいセックスの匂いだ。

たまらなかった。

「ああ、叔母さんっ……」

挿入したまま、ぐぐっ、と腰を入れる。

「あっ、くぅ……ううんっ……ああんっ」

奥まで貫くと、人妻は悩ましい泣き顔を見せて激しく身をよじる。

真っ白くて大きなおっぱいが、目の前で揺れ弾んだ。

「ああ、き、気持ちいいよ」

「いやっ、ああんっ……だめっ……ああんっ……はああんっ！」

文乃が身悶える。

その表情に猛烈に昂ぶって、激しくピストンしたときだ。

「あっ……」

いきなり目の前が真っ白いになった。

腰がとろけて、意識を失いそうになる。

激しい射精だった。

もう前兆も何もなくて、切っ先から熱い欲望が噴出してしまう。

（だめだ……叔母さんの中に出しちゃってる……ッ）

わかっているのに、止められなかった。

震えながら射精してしまうと、もう足腰に力が入らなくなって、文乃の上に倒れ込んでしまう。

（まずいっ）

ハッと正気に戻って、慌てて抜いた。

文乃のワレ目から白濁液が、こぽっ、と漏れだしてシーツに垂れている。

妊娠の文字が浮かんだ。

いきなり不安と恐怖に駆られて、文乃に言う。

「ご、ごめん！　は、早く、風呂場に……」

しかし、文乃は上体を起こして、慈愛に満ちた目を向けてくる。

「……大丈夫よ。叔母さんね、その……できにくい体質だから……ウフフ。気持ちよかったのね、すぐに出しちゃうなんて」

「う、うん……もうおかしくなりそうで、ガマンできなかった」

文乃が両手を伸ばして、ふわっと抱きしめてきた。

「うれしい……叔母さんも気持ちよかったわ……」

頬にチュとキスされた。その優しい言葉がうれしかった。

とにかく童貞を卒業した。

ついに……女の人を抱いたのだ。

ひと夏の体験は、まだ始まったばかりだけれど、脳みそがとろけるほど最高だった。

第三章　なまめき王様ゲーム

1

「ねえ、涼。なんなのよ、その目……なんかゾンビみたい」

朝、食堂で配膳の手伝いをしていると、テーブルでオレンジジュースを飲んでいた葵に本気で気味悪がられた。

そう言う葵の、白いTシャツの胸のふくらみがエッチだ。あきらかにノーブラだ。男の前でもノーブラTシャツ。

もはや男と思われていないのだろうか。朝から緊張する。

「いや、ちょっと寝不足でさ……」

あくびをしていると、横から亜由美が口を挟んできた。

「寝不足ぅ？　そんなレベルじゃなくて、もう目がバッキバキなんですけどぉ。ウフフッ。昨日の刺激が強すぎちゃった？」

おどけた調子で亜由美が言う。

亜由美はシルクのパジャマで、彼女もどうもノーブラな気がするが、おっぱいが大きすぎてよくわからない。こちらも朝から悩ましい格好だ。

どうやら亜由美は、昨日の手コキとキスで、童貞の涼太が興奮して眠れなくなったと思っているらしい。

もちろんそれもあるが、昨晩はそれを上まわる出来事があった。

「なあに亜由美。刺激って？」

葵が首をかしげると、横に座る玲子が鼻で笑った。

「どうせいやらしい動画でも、見てたんじゃありませんか？」

朝からクールに言われた。他の女子大生たちもドッと笑う。

玲子もまだ部屋着のままだ。高飛車で嫌味な性格だけど、やはりスタイルは抜群である。

(しっかし、なんでここまで玲子さんは、敵対心が強いんだろ)

そんな動画どころか、もっとすごいことが繰り広げられたんだ、と口から出かかった言葉を呑み込んだ。言えるわけがない。

初めての体験。

初めてのセックス。

しかも子どもの頃から憧れていた、美しい叔母が相手である。

一度目は挿入して、わずか一分で射精。

衝撃的すぎてほとんど記憶がなく、続けて二度目も挑んだわけだが、これも記憶が朧気(おぼろげ)である。

とにかく刺激が強すぎた。気持ちよすぎて記憶が飛んだ。

だがうっすら残る記憶の中でも、文乃に禁断の中出ししたことだけは、はっきり覚えている。

(二回目もあんなにいっぱい……叔母さんの子宮に、僕の精液を注入しちゃったんだよな)

大丈夫な時期と言っていたが、ちょっと心配だ。

だがその心配よりも初めてセックスして、しかも中に出したという、一気に大人の階段を駆けあがりすぎたことにニヤニヤしてしまう。

気がつくと、葵が引きつった顔でこちらの顔を睨んでいた。

「あのさ、だから気持ち悪いって。涼はいやらしいこと考えると、すぐ顔に出ちゃうんだから。エッチ！」

女子大生たちにまた笑われる。

亜由美がクスクス笑う。

「やーっぱり、おねーさんが教えないとだめかしら。初体験、させてあげようかなあ」

亜由美が色っぽい目を向けてくる。

（いえ、残念ながら僕はもう童貞じゃないんで）

言ってやろうか、と思っていたときだ。

「ねえみんな、珈琲（コーヒー）が欲しい人、いるかしら」

文乃がドアを開けて入ってきた。

ピンク色のエプロンをつけて、その下にはベージュの半袖ブラウスと、ほっそりしたデニムという、地味だが清楚な格好だ。

文乃がこちらを見て、狼狽えた。

「あっ、りょ、涼くん。それが終わったら、その……お風呂のお掃除、お願いね」

いつもの柔和な雰囲気だが、あきらかに朝からぎこちない。

涼太もそうだ。

気まずさといったら、大変なものだった。

目の前にいるちょっとタレ目がちの優しげな美人が、初めての相手になってくれたのだ。

（ほんわかした叔母さんが、あんなエッチな表情になるなんて……）

文乃を見ているだけで身体が熱くなってしまう。

叔母さんと甥っ子の関係だけでなく、すでに身体の関係だ。

昨晩三回も射精したというのに股間がムズムズとしてきて、もう文乃のことで頭がいっぱいで、以前より魅力的に見えてしまう。

肩までの黒髪をボブヘアにして、若々しくも年相応の色っぽさもあって、大人可愛い感じのキュートな叔母だった。

おっぱいは大きくてお尻もエッチだった。

スタイルはいいのに、しっかり肉づきもよくて抱き心地がいい。ついついエロい目で追っていると、亜由美がいきなり文乃の腰を背後からギュッとつかんだ。

「キャッ！」

エプロン姿の文乃が伸びあがった。

「ウフフ。文乃さんって、いやらしい身体してるわよね。特に今朝って、いつもより腰つきがなーんかエッチなんだけど」

　こっちがギクッとした。文乃も顔を赤らめる。

「今朝も何も……変わらないでしょ、別に。それとも一晩で太ったかしら」

　文乃がぎこちなく笑う。でも目の下が赤くなっている。ウソのまるっきりつけない性格だ。

「そうかなあ。旦那さんがずっといないはずなのに、なーんかデニムのお尻までエッチなのよねえ」

　亜由美が後ろから文乃に抱きついた。

「ちょっと、亜由美ちゃんっ……」

　そのまま亜由美が文乃のお尻を撫でまわすと、

「あンッ……！」

　叔母はエッチな声をあげて、伸びあがった。

「ウフフっ。いやらしい声ねえ。感じやすいのかしら。ねえ文乃さん、気をつけないと童貞くんに襲われちゃうわよ。ほら、すごい目で見てるんだから」

　亜由美の言葉に、女子大生たちの視線がこちらを向いた。

「み、見てませんって！」

ふいに文乃と視線が交錯する。

慌てて目をそらす。文乃が顔を赤らめながらも亜由美を振り払う。

「もうっ、朝から遊ばないの。珈琲の人は取りに来てね」

文乃はぎこちない笑顔のまま、亜由美の前を横切ってダイニングから出ていった。

亜由美の言うとおり、文乃のウエストから急激にふくらむヒップは、いつもよりぷりんっとしていた気がする。ニヤニヤしていると玲子に睨まれた。

「ホントに襲っちゃいそうですね、まったく」

玲子が怒ると迫力がある。

だが今朝は萎縮しない。フンと鼻をそらして口角をあげた。

襲うわけはない。

すでにそういう関係なのだ。言ってやりたかった。

これが童貞喪失の威力か。どんな罵詈雑言(ばりぞうごん)でも許してやろう、という慈愛に満ちた気持ちである。

2

その夜。

仕事を終えて風呂に入ったあとに部屋に戻ろうとすると、廊下で亜由美に呼び止められた。

白いTシャツにブラジャーが透けていた。

Fカップは相変わらずの破壊力だ。

下は脚の隙間からパンティが覗けそうな感じの、ラフなホットパンツで、ドキッとする。

彼女がいつものように、妖艶(ようえん)な笑みを見せてきた。

「ねえ、私たちの部屋に来ない？」

「えっ？」

心臓が早鐘を打った。

修学旅行などで、陽キャたちが女子の部屋に行くのを横目でうらやましいと思っていた。そのシチュエーションが自分にもめぐってきたのだ。

「い、いいんですか？」

「いいけど、へんなこと考えないでね。三人部屋だからって４Ｐとかないよ」

「か、考えませんよ、んなこと」

部屋に行けるだけで充分だ。ああ、ついに陽キャになったんだ。

（童貞喪失で運が向いてきたかもしれない）

心がすうっと軽くなっていた。

夏の太陽のように、気分は晴れやかである。

青い空と白い海、伊豆の民宿と女子大生の合宿、そして寂しいからと誘惑してきて筆下ろしをしてくれる美人の叔母……。

やはり夏はいい。海はいい。

涼太はジャージ姿でまだ髪も乾ききっていないまま、亜由美の後ろについて二階の部屋に行く。

二階の角部屋が亜由美と葵と玲子の部屋である。

ドアを開けると見慣れたはずの民宿の部屋が、甘ったるくて濃厚な女子大生の匂いに包まれていて、雰囲気がまるで違った。

（女子の部屋だ……すごい、いい匂い……）

隣の部屋からダンス部の別の女子の笑い声がする。

カーテンの閉まった窓からは、パーン、パーンと花火の打ちあがる音がする。おそらく浜辺で花火をしているのだろう。二階や三階からは海が見えるのだ。

「あ、涼だ」

布団の上で、葵はあぐらをかいていた。

白いパーカーに、亜由美と同じようなショートパンツだ。

脚を開いているから白いパンティがショーパンの隙間からチラリ見えていて身体を熱くしてしまう。

「もう亜由美ったら。やめましょうって言ったのに」

玲子は不満げだ。

猫のように大きくて、つり目がちな目をさらに吊りあげてくる。

こちらも、もこもこしたショートパンツにTシャツ姿だ。さすがにブラジャーは透けていない。

そして甘い匂いの中に、アルコールやらお菓子の匂いが混ざっている。

端の方に寄せたテーブルの上に、かなりの本数の梅酒やらチューハイの空き缶があった。

「えらい飲んでるんですね」

「なんですか。悪いって言うんですか」

玲子が睨んでくる。かなり顔が赤くなっていた。

パーカーの胸元がちらりと覗いていて、ほんのり上気した胸の谷間が見えていた。

お嬢様が珍しく、ちょっと乱れた姿を見せている。アルコールには弱いようで、ほろ酔いというよりは泥酔に近い気がする。

「はい、とりあえず。飲も」

亜由美に缶ビールを渡されて、布団の上に座るように言われた。

緊張しながら三人の輪に入る。

ビールを呷った瞬間だ。

「で、あんた、文乃さんとヤッたの？」

さらりと亜由美に言われて、ビールを噴き出しそうになった。

「は？　何を言ってるんですか？」

動揺を悟られまいととぼけると、亜由美がストレートヘアをかきあげながら、ニヤニヤ笑って横に座った。

Tシャツ越しのFカップおっぱいが、肘に当たっていた。ショーパンから覗くムッチリした太ももが足に当たっていて身体が熱くなる。

葵がけらけら笑っていた。

「亜由美ったら。この童貞がおばさまとなんかあるわけないよ。でもなあ、おばさまは優しいから、涼があまりにモテなくて哀れんで、ってのはあるかも」

玲子もうんうん頷いた。

「そうですわ。不釣り合いですわよ。あんな見目麗しい人と、こんな小動物が」

えらい言い草だが、さすがに慣れてきた。

(それにしても、さすが亜由美さんというべきか。鋭いなあ……僕を誘ったのはこのためか……)

亜由美が身を乗り出してきた。

「そうかなあ。なーんか怪しかったのよねえ、今朝の文乃さんもあんたも。ふたりで目を合わせると照れるし。エッチじゃなかったら、どこまで？　おしゃぶり？」

亜由美が手筒をつくって口に当てて、その手を前後に動かした。

「あ、あるわけないじゃないですか！」

「いいじゃないのぉ。白状しなさいよ。文乃さんって、おっぱい大きいわよね。私とどっちが大きかった？　言ってみ、ん？」

亜由美が自分の手で、Tシャツ越しのおっぱいを持ちあげた。

「相変わらず、大きくていいなあ。ボクなんか中学で成長止まったのに」

葵がふくれて、テーブルの上にあったものを取ろうと手を伸ばす。

四つん這いになって、ヒップをこちらに向けてきた。腰は折れそうなほど細いのに安定感のある大きなお尻がエッチだ。

さらにショーパンの隙間からパンティがまた見えた。

今度はもろだ。

シンプルな白いパンティで、それが大きなお尻に食い込んでいていやらしい。

(なんでこいつ、ここまでエロいんだよ……)

そんなことを思っていたら急に葵が振り向いた。

すぐに視線をそらしたが、彼女がイタズラっぽい笑みを浮かべて、こちらを試すような目で眺めてくる。

「やだっ、パンツ見えた?」

涼太は慌てて首を横に振る。

亜由美が「エッチ」とつついてきて、玲子が大きな目を細めてきて、

「いやらしいですわ」

とツンと鼻をそらした。

(な、なんなんだ……)

もう翻弄されっぱなしで、困っているときだ。

「あ、そうだ。涼太も入れてあれやろうよ、王様ゲームッ」

亜由美がうれしそうに言うと、玲子と葵が「なんでよ」と非難した。

「なんでそんな合コンのノリみたいなこと、この人とやるんですか」

「ノリが古いよ、なんでいまさら王様ゲームなんてっ」

ふたりの文句に、亜由美は「えーい、うるさいっ」と腕組みして、とろんとした酔った目を細めてきた。

まるで獲物を狙う鷹のようだ。

ギクッとした。

「ウフフ。葵、玲子。ゲームに勝ったら、あの子を好きなようにできるわよ。あの子、けっこうデカいわよ、知ってた？　私、あんなの見たことなかったわ」

ふたりがこちらを見る。

涼太は首を横に振った。大きいかなんて人と比べたことなんかない。でも、ちょっとうれしいとニヤついたら葵にまた、

ある。

ふたりの目は、親からクリスマスに新しいおもちゃを買ってもらったような感じである。

「……亜由美が見たことない大きさってのは興味ありますね」

「へえ、でも涼って大きいんだ。ふーん」

と顔をしかめられた。

「きもちわるっ」

(なんで玲子さんまで……あ、そうか)

みな目が赤い。完全に酔っているのだ。

酔うとハメを外してしまうらしいなら、いけるかもしれない。

童貞ではないのだ。

思いきってダメ元で言ってみる。

「じゃあ、あ、あの……僕が勝ったら、逆にいいんですよね、好きなことして」

亜由美が笑った。

「ふーん。童貞がそういうこと言っちゃうんだぁ。いいわよ、勝ったら私たちを好きにしても。その代わり、私たちが勝ったら、あんた奴隷だからね。NGはいっさい受けつけない。それくらいの覚悟はあるかしら」

葵も「面白そう」と乗ってきた。

クールな玲子も「まあ、いいわよ」と冷静に言う。

(い、いいのか……この美人女子大生たちを好きにできるって……！)

いや待て。

負けたら奴隷だぞ。

この三人の奴隷……。

——いいんじゃないのか？

どうせ三人にはおもちゃみたいに扱われているから、奴隷に格下げになったとしてもあまり変わらないような気がして鼻の下が伸びた。

3

葵がノートのページをちぎって、くじをつくる。

そして赤いペンで一枚だけ印をつける。他は、一、二、三の番号を書いた。

何か葵にだけわかる目印みたいなものをつけてないかと監視していたが、特に何もしていなかったと思う。多分、平等だ。

じゃんけんをして、くじを引く。

「はい、当ったり～！」

亜由美が勢いよく手を上げ、赤い目印のついたくじを掲げた。

「とりあえず、二番がすっぽんぽんね――！」

いきなりさらりと、とんでもないことを亜由美が言う。

涼太は飲んでいたビールで噎せてしまう。

葵と玲子が目を剝いた。

「ちょっと待って！　おかしいでしょ。いきなり全部脱ぐって」

「とりあえず、って何ですか。まだ先があるんですか？」

ふたりが猛烈に怒り出した。

それはそうだろう。涼太が持っているくじは三番。葵と玲子のどちらかが二番なのだ。

「わ、わかったわよ。仕方ない。ブラとパンツで許してあげる」

ふたりの剣幕に押されて、亜由美が妥協した。

「ボク、ブラしてないけど」

葵が口を尖らせる。

「それは仕方ないじゃないの。私もノーブラなんだから」

亜由美が返すと葵が「そうか」と納得した。

どういう理屈だろうと思っていたが、みんな酔ってるから思考能力が落ちているのだろう。

「下着姿なんて……いやですわ、私」

玲子がこちらを見て頬を赤らめる。どうやら玲子が二番らしい。

勝ち気なクールビューティは、意外にもこういうことには純情らしい。

亜由美が立ちあがり、布団の上に座っている玲子の背後にまわった。

「な、なんですか」

玲子が戸惑っているのを尻目に、亜由美は後ろから手を伸ばし、玲子のTシャツを思いきりめくりあげた。

ピンクのブラジャーに包まれた、たわわなバストが露わになる。

涼太は飲んでいた缶ビールを落としそうになった。

「キャッ！」

玲子は悲鳴をあげて、Tシャツを下ろした。

「ウフフっ。知ってるわよ。玲子はFカップで、すごく形のいいおっぱいしてるって。

どうせ今だけなんだから、ノリよくいきなさいよ」

亜由美がTシャツ越しの玲子のバストを揉みしだく。

「あンッ、やめなさいっ、亜由美ったら」

ふたりの美女がからみ合ってる絵に、涼太の目は釘づけになる。

それにしても……エッ、エフッ……Fカップとは。亜由美と同じくらいの大きさではないか。そこまでには見えなかったが、下着で押さえつけていたのだろう。

はっきり言って見たい。

見たいけど……無理だよな。と思っていたら、

「ウフフ。ほうら、あの子も待ってるわよ。すごい美乳なんだから、見せつけてあげたらいいじゃないの」

亜由美がさらに煽って、乳房に指を食い込ませる。

「ああん、もう……わ、わかりましたから、揉まないでっ」

亜由美が勝ち誇った顔で、玲子のバストから手を離した。

「もうっ……」

玲子は赤くなって、もじもじとショーパンから伸びた太ももを、よじり合わせている。

（玲子さん、ぬ、脱ぐのか？）

クールビューティなお嬢様が、今から服を脱ぐ。

もう見ないわけにはいかなかった。

玲子は頬を引きつらせ、次第に呼吸を乱し始めた。

大きな猫目が羞恥に歪み、白い肌はまるで湯あがりのようにピンク色に染まっていく。

決心するまで時間がかかったが、やがて玲子は目をギュッとつむり、顔をそむけながらTシャツを脱いだ。

コーラルピンクのブラジャーに包まれた、Fカップバストが、たゆゆんっ、と揺れながら現れた。

（うわっ、デカっ……）

ふくらみの大きさにも驚いたが、Fカップのブラジャーのカップの大きさに目を奪われた。

ブラカップがまるで顔ほど大きい。そしてピンクのブラジャーは、高級そうな精緻なレースがちりばめられていた。

「あんッ、こ、これでよろしい？」

玲子が真っ赤になっていた。

「ホントは下もだけど。まあいいわ。許してあげる」

じっと見ていると、玲子が睨んできた。

「いやらしいですわっ。もうっ、亜由美ったら、こんなことさせて……早く続きをしてください。あなたにも全部脱いでもらいますわ」

やめればいいのに。

やはりかなり酔っているから、思考がおかしくなっているようだ。

またくじを引いた。今度は一番だった。

葵が元気いっぱいで手を上げた。

「はい今度はボクが当たり！　三番がM字かいきゃーくっ」

またビールを噴きそうになった。当然ながら、亜由美と玲子が目を吊りあげて非難する。

「ねえ、それってもう、私たちがターゲットでしょう！」

「なんでそんなことをしなければなりませんの？」

ふたりが今にも噛みつきそうに怒るも、葵はどこ吹く風だ。

亜由美は腕組みして、言った。

「わ、わかったわよ。あとで後悔させてあげるから」

正座していた亜由美が、体育座りしてからゆっくり脚を開いていく。

(うわっ、エッチだ)

亜由美のムッチリした太ももの奥、ショートパンツの隙間から水色のパンティが覗いた。

すごい……と思いつつ亜由美を見る。

切れ長の目の下をねっとり赤らめて、伏し目がちになっている。

大胆な言動のわりには、実際は恥ずかしがり屋なのかもしれない。そう思うとますます興奮してしまう。

次はまた亜由美が当たった。

「今度こそ、二番がすっぽんぽんね――」

と言いつつニヤリと葵を見た。

葵が亜由美を睨みつけた。

「ちょっと！　ボクが二番だって知ってるんじゃないの？」

「知らないわよ。ああ、葵なのね。はい、全部脱いでね〜。おっぱいもおまんこも、ウフフ。涼太にじっくり見てもらいなさいねー」

葵がこちらを見た。

慌てて否定した。

「べ、別に葵のなんて見たくないし……」

「あら、そのわりに顔が赤くなってません？」

ブラジャーにショートパンツの玲子が、冷ややかにこちらを見る。

「そっか、葵は……幼なじみの前では恥ずかしいわよね」

亜由美が葵を煽る。葵が耳まで真っ赤になった。

「んなわけないよ。別に涼なんて男とも思ってないし」

言いながら、葵はパーカーをめくった。ノーブラの白いおっぱいが、ぷるんと揺れて現れた。

(うわっ！　葵のおっぱい……すげえっ、キレイじゃないかよ)

小ぶりだが、しっかりふくらみがあって、ボーイッシュな童顔の美少女に似つかわしい乳房だった。

乳首も乳輪も小さくて、透き通るようなピンク色だ。

さらにだ。

葵はしゃがんだまま、ショーパンも脱ぎ始めた。

純白のパンティに包まれた下半身が、意外なほどムッチリしていた。スレンダーなのにデカケツというエロカワボディだ。

（お、女の子の身体って、みんなまるっこくて、たまんない。亜由美さんも玲子さんも葵も、細くても豊満でエッチすぎるっ）

じっとストリップを見ていたら、亜由美が「あらあ」と目を細める。

「葵って、小さいのにお尻が入らないから、ほとんどの服をウエスト直してるんだって。エッチな身体でしょ」

まさかそんなボディを持っているとはつゆ知らず、目を血走らせていると、葵は恥ずかしそうにパンティも脱ぎ始めたから涼太の息は止まった。

（えええっ！）

しゃがみながらパンティを脱いだから、お尻は見えなかったが、それよりも葵の大事な部分が見えた。

すぐに手で隠してしまったものの、繊毛は薄くて亀裂の部分が小ぶりで、妖しい気分になってしまう。

「へえ、涼って、ボクの身体でもそんな目をするんだ」

葵が顔を赤らめつつも、ニヤついた。

「す、するかよ」

涼太は強がるが、生まれたままの姿の葵を目の前にして、おかしくなりそうだ。

美少女の清らかな白い身体がいやらしすぎた。

続いて、ようやく玲子が当たりを引いた。

ジロッと猫のような目をして、ぐるりと見渡してから言った。

「一番から三番が、全部脱いでください」

みなが色めき立った。

「は？」

「あれ？　王様ゲームって、ひとりに命令するんじゃなかった？」

「い、いやでも……」

涼太が躊躇（ちゅうちょ）していると、

「まあでも、いっか」

と亜由美がパーカーを脱いで、下に着ていたTシャツをめくりあげる。

（う、うわっ……！　デ、デカっ……）

現れたノーブラバストのド迫力に涼太はごくんと唾を呑んだ。

日本人離れした小麦色のバストは、さすがFカップという重量感で、ずっしりとした重みを感じられる。

乳輪はかなり大きく、ラベンダーのようなあわい色の乳首だ。

そしてショートパンツと水色のパンティを下ろして足首から抜き取ると、濃いめの陰毛が目に飛び込んできた。

（ぬわっ、あ、亜由美さんの身体……だ、ダイナマイトボディだ。日本人か、ホントに……？）

セクシーなグラマラスボディに目が釘付けだ。

頭がぐるぐるしてきた。

ちょっとしかビールを飲んでいないのに、もう酩酊状態だ。

「亜由美のおっぱい、相変わらず、すごいね……て、やだもう、涼の目がバッキバキなんですけどぉ」

葵が呆れて言った。

ボーイッシュ美少女のスレンダーながら、いやらしいエロカワボディ。

小悪魔お姉さんのナマ唾ごっくんダイナマイトボディ。

そしてまだ下着姿ではあるものの、勝ち気な女子大生の生意気ボディ。

タイプの違う極上の裸体を目の前にして、平然としていられるわけがなかった。

4

「さあて、いよいよ……」

三人がこちらを向いて、企んでいるような笑みを浮かべてきた。まずい。この流れは脱ぐしかなくなっている。

「いや、その……まっ、待って……」

「待つわけないじゃないの。私たちは脱いでるのよ」

いや、脱いだのは自分たちが勝手に……と思っていたら、亜由美が抱きついてきて布団の上に押し倒された。

思いっきりFカップおっぱいやら、ムッチリした太ももやら、小麦色のすべすべの肌と、もっちり脂の乗った女体が押しつけられた。

(ふわーッ！　や、や、柔らかい！　それにいい匂いっ……)

文乃の肉体も素晴らしかったけど、亜由美の身体は、なんというかどこもかしこも水を弾きそうなほどピチピチしていて、マシュマロみたいなボディだ。

「ほら、苦しゅうないっ。粗末なモノを見せいっ」

美少女が時代劇の台詞みたいな言い方で、短パンと下着に手をかけてきた。

「や、やめて、待って！」

「やめてなんて言って……ホントはうれしいんでしょう？」

ピンクのブラジャー姿の玲子も参戦してきた。

Tシャツを脱がされて、上半身裸にされる。続けて下も脱がされると思ったら、葵の手が止まった。

「ウフフ。なーにが待ってよ。なんだかんだいって、オチンチンを大きくして……引っかかって脱がせられないじゃないの」

「だ、だからこれはっ」

わかっていた。

勃起していたのだ。というか、このハーレム状態で勃起しない男などいるものか。

「えいっ」

葵が力任せにパンツを下げた。

こぼれ出た陰茎が、三人の女子大生にマジマジと眺められている。

「やっぱり！　結構立派じゃないの」

「うわっ、成長したね。ボクとお風呂入ってたときは、小指くらいだったのに」

「……」

玲子だけが黙っていた。

だが三人の視線は一点に集中している。

「や、やめてって……うっ！」

誰かの指が、肉竿をこすってきた。

「亜由美っ、ちょっとやりすぎ」

玲子が言う。

「ウフフ。だって面白いんだもん。あはは、ビクビクして……オチンチンがうれしそうよ」

「なんか出てない？　これって、ガマン汁だよね」

葵が言いながら鈴口をいじってきた。

「ば、ばかっ、葵！　やめろっ」

敏感な部分を小さな指でいじられた。たとえ葵の指とわかっていても、鮮烈な刺激に腰が震えてチンポの奥が熱く疼く。

「玲子も記念に触っといたら？」

葵が笑って言う。次の瞬間、別の手が陰茎の根元を強く握ってきた。

「……ぐっ……」

見ると、玲子が恥ずかしそうにしながらも、ペニスをつかんでいたのだ。

結構な力で握られた。目が白黒する。

亜由美が笑った。

「玲子、それはちょっと強すぎよ？　はいはい、痛かったわね」

亜由美が子どもをあやすように言いつつ、身体をズリ下げて、勃起をねろねろと舐めてきた。

涼太はビクッとして、目を大きく見開いた。

「えっ！　あ、亜由美さんっ」

信じられなかった。

仲のよい友達が見ている前だというのに、亜由美がチンポを舐めてきたのだ。

「んっ！　くううっ」

押さえつけられながら、涼太は腰を浮かせた。

初めての刺激だ。

どうしたらいいかわからない。

（女の人って、ホ、ホントに舐めるんだっ……チンチンを……おしっこの出るモノな

のに……っ）

みなに見られているのに、とろけてしまいそうだった。

亜由美の舌が、ねろりねろりと表皮を舐めてくる。

温かくて、柔らかくてぬめぬめして。

しかもである。

美女が自分のイチモツを舐めているのだと思うだけで、心がざわめいた。

見かねたのか、玲子が慌てた声を出す。

「な、何をしてるんですかっ。あ、亜由美ったら」

彼女はさすがに恥じらいがあって、人前でフェラチオなんて許せないようで、目をそむけていた。

しかし葵は違った。

「男の子って舐めてもらえるの、うれしいもんね。ボクも参加しようっと」

葵も亜由美と並んで、涼太の亀頭をちろちろ舐めてきた。

（うっ、ダ、ダブルフェラ！）

まさかの光景だった。

派手な美女とショートヘアの美少女が、すっぱだかでお尻やおっぱいを揺らしながら、自分の亀頭を舐めている。

　ふたりの女性からの同時フェラなんて……童貞を喪失したばかりの自分には刺激が強すぎた。

「くっ、うう……ああっ！」

「ウフフ。初めてなんでしょ。いーよ、このまま、おねーさんたちに舐められて出しちゃっても」

「えー、涼の精液なんてやだなあ。まあでも、しょうがないかなあ」

　ふたりの女子大生はピンク色の男性器をもてあそびながら、クスクスと笑っている。

　頭がおかしくなりそうだった。

　ひとりは小悪魔系美女で、もうひとりは美少女。それを見ているのは、勝ち気で真面目な生徒会長タイプのこれまた美女だ。

　これでは、おかしくならない方が無理である。

「ウフフ。玲子もほんとは興味あるんでしょう。恥ずかしがってないで、男の子のオチンチン、舐めてみたら？」

　亜由美の誘いに、ピンクの下着姿の女子大生は耳まで顔を赤くし、顔を何度も横に振る……のだが、

「そんなことはできませんけど……これだったら……」

泣き顔になっていた玲子が、涼太に覆い被さるようにしながら、Tシャツをめくりあげて乳首をぺろぺろと舐めてきた。

「え！　くっ……！」

涼太は歯を食いしばった。

ゾクゾクした震えで、腰が浮く。

まさか乳首が感じるとは思わなかった。きっとふたりに男性器を舐められているから、身体が敏感になっているのだ。

三枚の熱い舌が、亀頭と乳首を刺激してくる。

玲子は意外にも乳首の舐め方がうまかった。亜由美は当然のごとく、葵も経験があるようで、亀頭部や鈴口といった敏感な部分を責めてくる。

さらに勃起すると切っ先の包皮が剝けて、露出したカリ首の下の部分も、ぬるっと舌先でなぞられる。

「んくっ！」

強すぎる刺激に涼太が唸ると、裸の女子大生たちがクスクス笑った。

「ここがいいんだ」

葵が楽しそうに言いながら、根元からカリ首までの裏筋をツゥーッと舐めあげてきた。

「うああっ……！」

もう声をガマンできない。全身が震えて、どうにかなりそうだ。

「そんなに気持ちいいんですの？」

乳首を舐めていた玲子が、ブラの胸を揺らしながら、じっと物珍しそうに涼太の反応を眺めてくる。

「玲子。クリトリスと同じよ。感じる部分なのよ。ウフフ。それにこの子のオチンチン、青臭くてキツいけど……若い味がする。悪くないわよ」

栗色の髪をかきあげ、亜由美が肉柱の裏側や側面を、こぼれたガマン汁を舐め取るように舌を上手に使ってくる。やはり一番うまいのは間違いなく亜由美だ。

（す、すごすぎる……ッ）

勃起が痛いほどみなぎり、熱いガマン汁があふれていく。

「やぁだ。またいっぱいお漏らししてる……ウフフッ」

寝そべったまま顔だけを下半身に向けると、亜由美と目が合った。

亜由美は目を細め、こちらを見ながら大きく口を開けて、一気に亀頭部を頬張ってきた。

「おおっ……」

まるで陰茎だけ風呂に浸かったような温もりがあって、涼太は腰をガクガクと震わせてしまう。

「んふふ。ふれひい？」

咥えたまま、亜由美が見あげてくる。

涼太は情けなく顔を上下させる。

全身が熱くたぎり、チンポの奥がドクドクと脈動している。

そして間髪入れずに、

「んふっ、ううんっ……」

生々しい鼻声を漏らした亜由美が、首を打ち振ってきた。

根元に向かって何度も唇を滑らせていく。

「くうっ」

うねりあがってくる快楽に、涼太はまた顔をのけぞらせて小刻みに震えた。

じゅぽっ、じゅぽっ……。

亜由美の唇がエッチな音を奏でている。プリンのような柔らかな唇が、表皮をゆっくり滑っていくのが気持ちよすぎる。

「うっわ……すご……」

「……」

葵と玲子が、ドン引きしている。

しかしふたりの目は潤んでいて、亜由美の行為から目を離せないようだ。

「あ、亜由美さんっ……ふたりが見てるのにっ……くううっ」

涼太が言うと、亜由美が咥えながらニコッとした。

見られていることが、まるで優越感のようで切れ長の目が、

《あなたたち、見てなさいよ》

というように細まり、一気に咥え込み、じゅるるる、と先端を吸ってきた。

「くうぅぅぅ！」

亀頭部を吸引される快感に、涼太は奥歯を食いしばった。

亜由美は口に溜めた唾液とともに、涼太の性器をさらに吸う。紅潮した亜由美の頬がぺこりと凹み、唇を突き出している顔がエロティックだ。

「ああっ、だめですっ！　だめっ」

出そうになったときだった。

ドアの向こうから、女性の笑い声が近づいてきて、亜由美がちゅぽんと肉竿を吐き出した。

「あれ、由香里たちの声じゃない？」

「部屋に来るかもしれないわ」

葵と玲子が言ったと同時に、

「ねえ、起きてるぅ？」

と部屋の前から声がして、涼太は何枚かの毛布を被せられた。ドアの開いた音がした。

「あっ、三人ともいたっ……て、なんで裸なのよ、あんたたち！」

その声は、おそらく由香里という女子大生なのだろう。

「ちょっと酔ってゲームしててさ、負けたら脱ぐってことにしたら、こんなになっちやって」

亜由美が冷静に言う。

涼太は毛布の中でうずくまりながら、まずい、と思った。

女子大生の部屋に行って、ふしだらなことをしていたとバレたら、さすがに叔母も怒るだろう。

涼太は冷や汗をかきながら毛布を被って、じっとたえていた。

すると、

「なんかへんな匂いしない？　男の子っぽい匂い」

「そうお？　ツマミの乾きものの匂いじゃない？」

葵がごまかした。

（やばい、バレちゃうよ）

そう思っていたときだ。

「ねえ、花火やろうよ、海岸で」

由香里の声だ。

「えー、こんな時間に？」

「大学生たちと知り合ってさ、けっこうイケメンがいるから、一緒に行こうよ」

しばらく逡巡していたようだが、

「わかった。じゃあ行こ」

と声がして、十分くらいで何も聞こえなくなった。人の気配がなくなり、毛布を剥ぐと誰もいなくなっていて、缶ビールの空き缶が大量に残されていたのだった。

第四章　キャプテンの淫らなお願い

1

結局、女子大生三人は花火に誘われて行ってしまったから、ひとり部屋に残された涼太は乱れた服を戻し、こっそりと自分の部屋に戻った。

深夜一時。

エッチなゲームで汗をかいてしまったが、もう一度シャワーを浴びる気力がなかったから、疲れてそのまま布団に潜り込み、目をつむった。

悶々とした気持ちが湧いてきて眠れなかった。

（すごかったな……うーむ、あ、あれってもうほとんど４Ｐだよな……）

タイプの違う女子大生たちにもてあそばれ、フェラチオまでされて、天国だった。

もうこういうことは一生ないだろう。

だけど……イケメン大学生と花火をするからと、あっという間にいなくなったのは寂しかった。

文乃に筆下ろししてもらい、女子大生たちとエッチなゲームをして……自分は陽キャになったつもりでいたけれど、やっぱり陽キャは「イケメンに限る」だ。

顔がいい陽キャには、結局かなわないのだ。

どうあがいても、こういう感じなんだろうなと思うと、ため息が出た。

タオルケットにくるまって目をつむる。

どこか遠くで波の音と、花火の音、そして男女が仲睦まじく笑っている声が聞こえてきたような気がする。聞こえるわけがないけど、聞こえるのだ。

さらにギュッと目をつむったときだ。

(ん？)

涼太は目を開けた。部屋に人の気配がしたのだ。

(えっ？　誰か入ってきた？)

身体が強張った。

Tシャツとジャージが、みるみる汗ばんでくる。

すると、誰かがタオルケットをめくり、入ってきた。

(ええ?)

タオルケットを剝ごうかと思ったけれど、噎せ返るようなムンムンとする甘い女の体臭と、柔らかな女体の感触がして、涼太は寝たふりをすることにした。

(いったい誰が……? 亜由美さん? 葵?)

そんなことを考えていたら、背後からギュッ抱きつかれ、ほっそりした指が短パンの上から股間部分をいじってきたので、さすがに寝たふりもできなくなった。

「あっ、ちょっ……ちょっと」

首だけを背後に向けると、まさかのあの真面目な玲子だったので、ギョッとした。

「れ、玲子さんッ……!」

びっくりして名を呼ぶと、彼女は唇の前に人差し指を立てた。

「シーッ……言わないでください」

湿った声を漏らしつつ、指が涼太の股間をさわさわと触っている。

「な、あの……」

「……私ね、意外にモテるんですのよ」

高い鼻をツンとそらし、勝ち気な目で見入ってくる。

「い、いや……意外になんて……わかりますよ、モテるのは……」

ストレートな髪は艶々して、猫みたいな大きな目に高い鼻と上品な唇。クールビューティな雰囲気と、スレンダーで上背がありながらも、お尻やおっぱいは大きいという、グラビアアイドルみたいなスタイルのよさ。

これでモテないなんてあるわけない。

性格が高飛車であっても、それを補うルックスとスタイルだ。

「モテるんですけど、怖いんです」

「何がですか？」

「……何って、殿方に決まっているでしょう？　男の人は獣で怖いんです」

玲子が暗がりでもわかるほど顔を赤らめて語尾を強めた。

涼太は眉をひそめる。

「は？　あの……僕のことずっと……スケベとかヘンタイとか言って、全然怖がってなんか……」

「あなたは特別です。童貞だし。それに多分、葵と仲がいいから警戒心が薄れているのかと」

「はあ、な、なるほど」

そんなものなのだろうかと訝しんでいると、短パン越しにも肉棒を、キュッと握られた。

「きゃっ、また大きくなってますわ。つくづくスケベですね、あなたって」

「い、いや……誤解ですよ。玲子さんとこんなに近くで……しかも手で触られていたら、お、大きくなりますって、誰でも……」

言い訳すると、玲子がじっと見入ってきた。

「わ、私でも、なるわけですね」

「も、もちろん」

「だったら、だ、抱いてください。私のこと……」

「は？」

衝撃的な台詞をいきなり言われて、涼太はパニックになった。

「だ、抱く……？　えっ、その……こうですか……」

おそるおそる抱いた。玲子が首を横に振る。

「違います。わかるでしょう？　その……セックスをしてほしいんです。あなた、童貞なんでしょう？　わるくはないかと思いますけど、私が初めてなんて……あなたの好きにしていいですから。それとも初めてが処女ではいやですか？」

真剣に言われた。

勝ち気な目が潤んでいる。

冗談ではない。断固たる決意がひしひしと伝わってくる。

そもそも玲子が冗談でも、こういうことを言うわけはないのだが……。

「いやなんて、そ、そんなわけありません！　けど……」

「よかったですわ」

彼女はホッとしたような顔をして、布団の上で仰向けになった。先ほどと同じ、Tシャツとショートパンツ姿だ。

大きな胸のふくらみや、ショーパンから覗く太ももがいやらしかった。

（い、いいのか……玲子さんの初めてになるなんて）

信じられなかった。

つい先日まで童貞という引け目を感じていたのに、今は相手のことも思いやるような立場になるとは……。

あまりの美貌とスタイルのよさに、気後れしていると、

「どうしたんですの？」

玲子が起きあがり、眉をひそめる。

涼太も布団に座った。

ふたりで布団に座り、対峙する。

「好きにしていいって言ったんですよ、だめだったらどこかでナンパされて、そのまついて行こうかなと思ってたんですから」

「ええ？」

涼太は驚いてしまった。

確かにここで断ったら、玲子は本気でナンパされに行きそうだ。

「わ、わかりました」

涼太が頷くと、玲子はくるりと後ろを向いて、Ｔシャツに手をかけた。

（えっ、ええ？）

座ったまま涼太は固まってしまった。

2

（いきなり脱ぐのか……玲子さんのヌード……早く、早く見たい……）

もう相手を思いやる気持ちはどこへやら。

涼太は目を血走らせ、バージンの女子大生のストリップを凝視してしまう。

玲子は背中を向けたまま、少し逡巡してからTシャツを脱いだ。

(えっ……)

涼太は息を呑んだ。

玲子の真っ白い背中が露わになる。

彼女はノーブラだった。先ほどまでコーラルピンクのブラジャーを身につけていたはずだから脱いできたらしい。

ブラジャーのホックの痕が、肩甲骨の間にうっすらついている。

(ああ、やっぱり、お、おっぱい、大きい)

横乳が見えた。

身体が細いのに乳房だけが、巨大な風船のように張っている。

彼女は乳房のトップを腕で隠しながら、こちらを向いて怒ったように言う。

「あなたも服を脱いでください。私ばっかり不公平ですわ」

「は、はい」

勝手に玲子の方から脱ぎ出したのだろうと思ったけれど、そんなことはもちろん口にしなかった。

涼太は立ちあがり、Ｔシャツを脱いだ。

ジャージに手をかける。すでに前が大きくふくらんでいたので顔が熱くなったが、恥ずかしがっている場合ではなかった。

玲子のヌードを拝みたい、触れたい、という一心でパンツ一枚になった。

女子大生三人には、勃起をマジマジと眺められているのだ。恥ずかしいことは恥ずかしいが、もうどうにでもなれという心境である。

それよりも玲子の身体だ。

「ぬ、脱ぎましたよ。今度は玲子さんの番です」

「ええ？　なんで私が先なのですか？」

玲子が声をあげて非難するも、玲子が自分から仕掛けたことなのだ。

彼女は、ハーッ、大きなため息をついてこちらを向き、立ちあがってから胸を隠していた腕を外した。

圧倒的なボリューム感と重量感だった。トップは生意気だと言わんばかりにツンと上向いていて、しかも乳頭部は清らかなピンク色だ。

（す、すげえ……）

ようやく玲子の乳房が拝めた。

おっぱいの形の美しさでは、亜由美や葵よりも玲子が一番だ。

玲子はまたくるりと後ろを向いて、もこもこしたショートパンツに手をかけて下ろし始めた。

コーラルピンクのパンティに包まれたヒップは、小ぶりながらも丸くてエロい。

（な、なんて身体なんだよ……）

亜由美はダイナマイトボディで男好きする身体で、葵は華奢でエッチなロリボディ。

そして玲子は、まるで石膏像のような均整の取れたボディをしていた。

清らかな白い背中は、腰に向かって急激にくびれていき、そこから横に張り出したヒップの丸みは悩殺的だ。

「だめっ……あんまり見ないで」

目の縁を真っ赤にさせた玲子が、肩越しに拗ねたような顔を見せる。

そして両腕をクロスさせ、巨大なふくらみを手で隠しつつ、タオルケットの中に入っていく。

もぞもぞしていると思ったら、脱いだパンティを布団の脇に置いた。

（すっ、すっぽんぽんだっ。フルヌードだ……玲子さんのフルヌード！）

涼太は鼻息荒く、ハアハアと息を弾ませながら玲子に近づいた。

玲子はタオルケットから顔だけを出していた。

あれほど勝ち気だった自信満々の玲子が、今は不安げに目尻に涙を浮かべて視線を泳がせていた。

「あ、あなたも脱いで……布団に入りなさい」

「え？　あ、ああ……はいっ」

興奮していた涼太は慌ててパンツを下ろして、全裸になる。

（落ち着け、落ち着け……）

何度も深呼吸した。

チンポが、恥ずかしいほど隆起している。

それを前屈みで隠すようにしながら、

「玲子さん……は、入りますよ」

と、かすれた声で言えば、彼女は布団から顔を半分だけ出した状態で、小さく頷いた。

タオルケットをそっとめくると、ムンとした濃厚な女の匂いが漂ってくる。

文乃の甘ったるいミルクのような匂いとは違って、甘酸っぱい果実のようだ。そんな若々しい女子大生の体臭を嗅ぎながら、ぎこちなく身体を入れる。

玲子は背をこちらに向けていた。

白い背中に小ぶりだがキュートなヒップが見えて、鼓動が高まった。

そっと肩に触れただけで、玲子はビクンッと裸体を震わせる。

その肩をつかんでこちらを向かせ、覆い被さっていく。

あのクールビューティな表情が、不安で泣きそうになっている。

愛おしさが増してギュッと抱きしめた。

「んっ……」

腕の中で玲子が小さくため息をこぼして、震えた。

可愛らしかった。

初めて抱く玲子の身体は、柔らかくて肌がみずみずしく張りがある。

文乃のムッチリしたボディとはまた違った魅力だ。

(こんなに違うんだ、女の人の身体って……玲子さんの方が、くびれるところと、ふくらむところが、はっきりした身体つきなんだな)

女盛りの豊満な肉体の文乃と、若くてピチピチの肉体の違いに驚いてしまう。

どちらも魅力的で、どちらもエロい。

(すごい。僕、比べているんだ。成長したなあ)

ギュッと押しつけられている胸の大きさを感じると、涼太の勃起はさらにビクビクと震えて、玲子の臍のあたりをこすってしまう。

（やっぱり、で、でっかいな……）

手探りでそっと玲子の乳房を揉みしだく。

「あ……ッ」

玲子がひかえめな喘ぎ声をあげて、ビクッと震えた。

（うわっ、弾力がすごいっ）

文乃の柔らかくも、もっちりしたおっぱいもエロかったが、柔らかく指を押し返してくる弾力のある若々しいおっぱいもいい。

もう見たくてたまらなくなり、タオルケットを剝いで玲子の全身を見た。

（うわっ！　……すげえ）

わずかな月明かりに照らされた白い裸体が想像以上に美しく、じっくりと眺めてしまう。

全体的にほっそりしている。だけど胸の存在感だけは圧倒的だった。

くびれがすごくてお腹から下腹までがほっそりしているのに、おっぱいだけが別次元でふくらんでいるのだ。

（スレンダー巨乳だ、まさに完璧ボディ！）

感動しつつ、改めて玲子のナマ乳を見た。

裾野からお椀のようにふくらむ形もさることながら、乳首が美しい。

おそらく色白だから、余計に乳首のピンクが美しく見えるのだろう。

「なっ、なんですかっ」

玲子が真っ赤な顔をして上目遣いに睨んできた。

「頭の悪そうな巨乳だって、思っているんでしょう？」

「お、思ってないですよっ、そんなこと」

慌てて首を振るも、玲子は両手をクロスさせておっぱいを隠してしまう。

そういえば、亜由美がおっぱいアピールしていたことに、玲子がやたら目くじらを立てていた記憶がある。胸の大きさがコンプレックスなのかもしれない。

「思っているでしょ。エロいおっぱいだって」

「そりゃ思いますよ、こんなに大きいし……」

「大きいって言わないでくださいっ！　なんでそんなに余裕があるんですの？　童貞のくせに」

セレブ令嬢は目を吊りあげて怒ってくる。

「余裕なんてないですよ。でも、玲子さんの初めてを、その……いいものにしてあげたいなって」

「なんですの、その上から目線……あっ、アンッ！」

怒っている途中で、玲子は悩ましい声をあげて顔を歪めた。

涼太が玲子の両手を跳ねあげて、すかさず両手で玲子のおっぱいを揉みしだいたからだった。

「感じやすいんですね……初めてなのに……」

揉みながら言えば、玲子がカアッと真っ赤になって言い返してきた。

「う、うるさいですわっ。や、やめなさいっ……あっ……あっ……」

さらにいやらしく揉むと、玲子は目を細めて、うわずった声を漏らした。

そんな声など出したことがないのだろう。

自分でもその女っぽい声を漏らしてしまったことに驚いているようで、頬を引きつらせて顔をそむけてしまう。

(すごい張りだ。た、たまんないっ)

張りがあるのに柔らかい。

極上の揉み心地に鼻息が荒くなり、さらにねちっこく揉んでしまう。

「ンンンッ……い、いやっ……」

玲子は身をすくめて、いやいやと身をよじる。

しかし、玲子は抗うようなことをせず、しかも目の下をねっとりと赤く染めあげていた。感じているのを隠しきれないようだ。

涼太のつたない揉み方でもこれほど感じているのなら、セレブお嬢様の感度は、かなりいいのだろうと思う。

（ああっ、玲子さんがこんなに反応してくれるなんて……）

いつもの塩対応のままだったら、どうしようかと思っていた。

処女を相手にしたら、ただ形式的にセックスするだけになってしまい、玲子に申し訳ないと思っていたのだ。

だがこれだけ感じてくれるなら、いける！

やる気がみなぎって、欲望のままに抱きたくなってくる。

玲子があまりに緊張しているので、こちらは逆に、少しだけ余裕めいたものが出てきていた。

「いやなんて言って……感じてるんでしょう？」

煽る言葉もすんなり出た。

涼太は乳房を揉みしだきつつ、玲子の美しいピンクの乳頭部を、チュッと口に含んだ。

「ああんっ……」

すると玲子は、鼻にかかったような色っぽい声を出して悶え始めた。

(マジで感じやすいんだな……)

舌で乳首をねろねろと舐めながら、上目遣いに様子を見た。

セレブお嬢様はハアハアと息を弾ませ、早くも全身にじっとりと汗をにじませ始めている。

口に含んだ小さな乳首が、急に硬く尖っていくのを感じた。

「玲子さん、乳首が硬くなってきましたよ」

キュッとつまみながら言うと、玲子は、

「んうっ！」

と喘いで背を浮かせ、長い黒髪を振り乱して首を横に振りたくる。

「い、言わないでくださいっ！　ああんっ、いやあっ……」

硬くなんかなってない、と否定しないということは、自分でも乳首が張ってきているのがわかるのだろう。

汗の匂いはますます強くなる。いい匂いだ。

さらに胸を責めたくなって、左右の乳首を交互に舐めしゃぶった。

「ああンッ……だめっ……だめってばぁ……」

玲子は眉をひそめ、怯えたような顔を見せてくる。

これがあのツンとした高飛車なお嬢様かと思うほど、いやらしく白い身体をくねらせて、甘ったるい媚びた声をさせながら首を振っている。

乳首はますます硬くなり、表面がグミのように柔らかくも、芯がこりこりとした感触に変わってきた。

口中に含んで舌でなぞれば、円柱形に突起した形がよくわかる。

「あああっ……はあああ……」

玲子はいよいよ「いや」と抗う言葉も口にせず、眉根を寄せた苦しげな表情を見せてきた。

本当にこれが初めてなのかと思うほどエロい顔だ。

乳頭部が、自分の唾で濡れて輝いているのも相まって、いよいよ玲子を自分のものにしたくなってくる。

文乃のときは、すべてお膳立てしてくれた。

だが今は、戸惑うこともなく自然と玲子の下半身に手を持っていってしまう。

男の本能的なものなのだろう。

3

玲子の腰から尻に向けて、ゆっくりと手を這わせていく。

(ああ、ま、丸いっ。女の子の身体だ……)

玲子のヒップの触り心地は、なんともいやらしいものだった。

お尻から太ももにかけての流麗なカーブは、撫でているだけで昂ぶってしまう。さらにギュッと指を尻丘に食い込ませれば、

「ああんっ……」

玲子は恥ずかしそうに腰を揺らし、涼太の背中に手をまわして、ギュッと抱きついてきた。

(おおああっ……！)

素っ裸の玲子の艶やかな肌や、とろけてしまいそうな柔らかく丸みを帯びた肉体と肉体をこすり合わせているだけで、気持ちよすぎて昇天しそうになった。

文乃とは初めてだったから、ここまでの余裕はなかった。

改めて女性を裸にして抱きしめることで、イチャイチャしたくなる気持ちがわかった。

くっついているだけで気持ちいいのだ。

さらに尻を撫でながら、もう玲子のすべてが欲しいと、首筋やデコルテにキスの嵐を振りまいた。

「はあっ……ああんっ……はぁん……だ、だめっ……」

ハアッ、ハアッ、と熱い吐息が漏れて、玲子が濡れた目を向けてくる。

あの冷たい目とは打って変わって、悩殺的で、しかもあきらかに不安げで、せつなそうな表情だった。

(か、可愛いじゃないかよっ)

二十一歳とふたつも年上のクールビューティだが、今は不安ばかりの処女の女子大生だった。

先ほどまで罵声を浴びせていたとは思えぬほど、か弱くて、愛らしい。

(僕のことを頼ってきてる……い、いけるっ、いけるぞ)

涼太はおそるおそる玲子の顔に顔を近づける。

そして思いきって一気に唇を奪った。

「ンッ！　うっ……ううんっ」

唇が重なる。

玲子は驚いて目を見開き、くぐもった悲鳴をこぼしたものの、すぐに身体の力を抜いてこちらに身を任せてくれた。

（ああ、キスＯＫなんだっ……僕のことを信頼してくれてる……）

女子大生の柔らかな唇の感触に陶酔しながら、涼太は舌を必死に伸ばして、玲子の口腔内に侵入させる。

ねちゃ、ねちゃ、と音を立てて口の中をまさぐっていると、ひかえめだった玲子が舌をおずおずと動かし、からませてくる。

ねっとりとしたベロチューをしながら、いよいよ涼太は指先を玲子の恥部に持っていく。すると、

「あっ……いやっ……！」

とたんに玲子はキスをほどき、慌てたように両脚を閉じた。

ムッチリとした太ももをにじり寄せ、涼太の指の侵入を拒んだのだ。

しかし間一髪で、涼太の右手は太ももの間に挟まってしまっている。無理やりに動

かして、すりすりとワレ目をなぞると、

「あっ……あっ……」

玲子はひかえめな喘ぎ声を漏らし、顔をそむけながら腰をくねらせる。

恥ずかしいのに感じてしまう。

そんな清純な玲子に興奮し、もっと激しく指を動かせば、ギュッとにじり合わせていた太ももが緩んでくる。

ようやく指が動くようになり、ワレ目の奥まで指を押しつければ、湿り気のある熱気が指にからみついてきたのをはっきり感じた。

（えっ！　こ、これは……ッ）

間違いない。

玲子は女の部分を湿らせているのだ。

もしかしたら太ももを閉じてガードしていたのは、恥ずかしいからではなく、濡れているのを知られたくなかったのかもしれない。

昂ぶって、玲子の顔を見る。

彼女は顔をそむけて目をつむっていた。

しかし美貌は小刻みに震え、目の下を赤く染めている。

（濡れているのが……わかってるんだ……）

そうであれば、もっと責めるが吉だ。

涼太はずりずりと上体を下げ、玲子の下半身に移動してから膝をつかんで大きく割りひろげ、大胆なM字開脚に押さえつけていく。

「ちょっ！　ああッ、な、何をなさるのっ！　ヘンタイっ、あああ！」

玲子が引きつった顔を見せて、歪んだ悲鳴をあげる。

涼太は慌てた。

「しいっ」

人差し指を立てると、玲子はハッとして口をつぐんだ。

女子大生たちは浜で花火をしているはずだが、民宿に残って寝ている部員もいるはずである。

「や、やめて……」

玲子はひかえめな声で言いつつ、大股開きにされたアソコを両手で覆った。

暗がりでも、顔から火が出そうなほど赤くなっているのがわかる。

無理もないことだ。

普段は長い黒髪をなびかせ、凜々(りり)しくも真面目なクールビューティなキャプテンで、プライドの高いお嬢様なのである。

それが恥ずかしすぎるM字開脚をさせられているのだ。

死にたいほどの恥辱だろう。

だがこちらとしてはもう、抑えがきかなかった。

玲子をM字開脚に押さえつけながら、彼女の邪魔な手を強引に引き剝がし、アソコをマジマジと見つめた。

（おおおっ、これがお嬢様のおまんこか……！）

黒い繊毛はひかえめで、くにゃくにゃしたピンクの花びらが艶光りしている。

花びらの合わせ目からは透明な蜜がうっすらとにじんで、まわりの繊毛まで濡れてしまっていた。

亀裂の奥は、色鮮やかなサーモンピンクの粘膜がひしめき合って、こってりと濃厚な匂いをムンムンと振りまいている。

（キレイだ……処女のおまんこって、ここまで清らかなのか……）

文乃のおまんこは、三十二歳の人妻らしい、実に使い込んだいやらしさを見せていたが、玲子のものはまるで違った。

くすみがまるでないのだ。

「み、見ないでちょうだいっ！　ああ、いやっ……」

玲子は首を振りたくり、唇を嚙みしめている。

「キ、キレイですよっ」

本気で言いながら涼太は顔を近づけていく。

したこともないのに、この艶やかで淫靡な形や匂いに誘われて、涼太は舐めようと舌を伸ばした。

それをストップさせたのは玲子の両手だ。

玲子はM字開脚しながら、両手で涼太の頭を押さえつけてきた。

「な、何をする気なんですの」

強張った顔で玲子が言う。

涼太はハアハアと息を荒げて答えた。

「何って……あ、愛撫を……愛撫をするんです。ここが感じるんでしょう。舌と口で気持ち良くさせ……」

「なんですって？」

言い終わる前に玲子が睨んできた。

「舐めるなんて！　だめに決まってるでしょう」

　玲子が真っ赤になって非難する。

　だが、これほど恥ずかしい場所ならば責めてみたかった。

　おそらくオナニーすら知らないいんじゃないかと思うほど、玲子のおまんこは清らかである。

　ならば、未知の快楽を知ってほしかった。

　もちろん自分だってクンニは初めてで、自信はない。

　だけど舐めたかった。

　涼太は猪突猛進で、頭を玲子の股間に近づけて舌をめいっぱい差し出した。

「ああっ、だめっ……しないでっ、そんなところ舐めないで……」

　玲子は大股開きに押さえつけられたまま、今度はしどけなく哀願を始めた。

　だが、だめと言われればやりたくなるのが男の性だった。

「大丈夫、大丈夫ですからっ」

　何が大丈夫かわからなかったが、とにかく唇をぬめった亀裂に押しつけた。

「ああっ、だめっ……だめぇぇぇ」

　玲子が悲鳴をあげたが、その声はどこか遠くに聞こえた。

　生まれて初めて口にしたおまんこの感触や味は、衝撃的ないやらしさだった。

頭の中がパニックになった。

ぬるぬるして、柔らかい粘膜だった。

それよりもツンとする味に驚いてしまう。

生魚のような愛液の匂いもそうだが、舌先に感じる味が、ピリッとして酸味がすさまじい。

（お、おまんこって、キツい味なんだ）

もしかすると処女だからかもしれない。

キツいがいやな味ではない。むしろ濃厚な味わいで、ずっと舐めたくなるような味覚だ。

涼太は必死で薄桃色の粘膜を舐めしゃぶる。

舐めればすぐに、奥から熱い粘液があふれて、したたってくる。

「ああんっ……いやっ……はあっ……あああんっ」

しばらく舐めていると、玲子の声にいつしか媚態が混じり始める。

処女でも感度のいい女性だ。

快楽が恥ずかしさを凌駕してきたらしい。

「ああんっ……いやっ……恥ずかしいっ……だめっ……だめっ……」

玲子は弱々しく哀願し続けたけど、ワレ目からはこんこんと発情の蜜があふれてきている。

「あぁッ……」

そしてついに……玲子は自ら腰を動かし始めた。

間違いない。

感じてきている。

抵抗も少なくなってきた、そう思っていたときだ。

涼太の指がワレ目の上部をなぞり、クリトリスを探りあてると、

「や、やめてっ……そこは……」

玲子が急に震えた声を出して、首を横に振りたくった。

「そ、そこは……そこは、やめてちょうだい……お願い……」

「えっ……？」

涼太は眉をひそめたが、玲子の強張った表情ですぐに察しがついた。

「こ、ここが弱いんですね？」

訊いても玲子は何も言わず、ただ怯えた表情を見せてくる。

おそらくビンゴだ。

クリトリスがひどく感じることを、玲子はわかっているのだ。

涼太は玲子の言葉を無視して、顔を近づけてクリトリスを、ねろりと舐めた。

「はあああ！」

すると玲子はあきらかに今までと違う音色の悲鳴をあげ、全身をばたつかせて脚を閉じようとする。

やはりだ。ひどく感じている。

涼太は足を開いたまま押さえつけ、さらにクリを舐めあげる。

うっすら包皮のようなものがあって、それを舌腹で剝き取ると、つるんとした真珠のような本体が現れた。

剝き出しの感覚器だった。

これに触れれば感じてしまうのは明白だ。涼太は躊躇なく、ぶちゅっ、と唇を押しつけた。

「はああっ……だ、だめっ……だめになる。お願いっ、そんなにしたら、だめになっちゃうってばッ……」

玲子は普段の上品な口ぶりも忘れて、ひたすら獣じみた悲鳴をあげ続けた。

クールな美貌を真っ赤に染め、ちぎれんばかりに顔を横に振る。

長い黒髪が布団の上で千々に乱れて凄艶だ。

涼太は必死に両脚を押さえ込みつつ、いよいよ尖った肉芽を舌で舐め転がした。

「い、いやあっ……！」

玲子が潤んだ瞳でこちらを見た。

「お、お願いっ！　だめっ……だめっ……はあっ……ああああああっ！」

次の瞬間。

玲子は絶叫とともに腰をうねらせた。

見たこともないエロティックな腰の動きに、涼太はしばし呆然と玲子の反応を眺めるのだった。

4

「い、今……その……」

涼太はおそるおそる声をかける。

玲子は白いシーツの上で大の字になり、ぼうっと宙を見入っていた。シーツに染みができるほど大量の汗をかいていた。

しばらくして涼太の問いかけに気がついたのか、玲子はハッとしたような表情をしてからタオルケットで身体を包んで睨んできた。

「だめって言ったのに……だめって……」

あの勝ち気な玲子の目に、涙が浮かんでいる。

涼太は慌てた。

「す、すみませんっ！　でも、すごく気持ちよさそうで」

「気持ちよかったですわよ。それがなんだって言うんですのッ」

玲子は逆ギレして涙目で挑んできた。

「……か、可愛らしかったです」

殴られるかなと思ったが、玲子は枕で涼太の頭を叩いてきた。

「余計なことは言わなくて、結構です」

そう言いつつ、玲子はもじもじと太ももをよじらせ、大きくため息をついた。

「……恥ずかしいですわ。まだ女の人を知らない人に、その……イカされてしまうなんて」

「僕、童貞じゃないですから」

「え？」

玲子が何度か目をパチパチさせた。

「いや、経験は一回だけで……クンニなんてしたことはなかったですけど、でも、玲子さんの初めてを、いい思い出にしてあげたいというのは本音で……」

涼太が素直に言うと玲子はまた大きく息をついた。

「……わかりました。あの……」

玲子はギュッと腕をつかんで、上目遣いに見つめてくる。

「あの……優しくしてください……今度はちゃんと……」

「わ、わかりました」

玲子は仰向けになったまま顔をそむけた。

「僕、全然うまくないですから。その……始めてのときも、入れて二回くらいこすったらイッちゃったんです」

きちんと正直に言ったら、玲子がクスッと笑った。

もしかしたら笑ったのを見たのは初めてじゃないか？

あまりにキュートな笑顔だ。涼太は胸を熱くさせてしまう。

「いいですわよ、下手でも。ただ痛くはしないで……」

玲子がすっと目を閉じた。

（ああ……こんな可憐な人の初めてになれるんだ）

唾を飲み込んで横たわる玲子を見る。

巨大なふくらみから、くびれた腰つき、そしてお尻へと続く身体のラインは細いのにボリュームがある。美人で性格も可愛らしいところがある。

すばらしい女性だった。

血管が切れそうなほど興奮しつつも、玲子の言葉を心の中で反芻した。

（痛くしないで、か。よ、よし……優しく……まずは入れる場所を……）

涼太はそっと肉の合わせ目を指でまさぐった。

「ん……んぅうんぅ……」

押し殺すような、くぐもった声が玲子の口から漏れる。

ドキドキしながら淫裂の下部に触れたときだ。指先が浅く嵌まるような感覚があった。

「んぅ！　そ、そこ……」

玲子が大きくのけぞった。

グッと力を入れると人差し指が、ぬぷぷ、と沈み込んでいく。

「あ、あんっ……！」

玲子の腰がビクンッと痙攣した。

（ここだ。うわっ……狭いけど……ぬるぬるしてる）

涼太は玲子の膣内を傷つけないように、嵌まった指をゆっくり攪拌した。

「あっ……ああンっ……」

彼女が目をつむったまま、眉間に悩ましい縦ジワを刻んで息を荒くし始める。

（よ、よし……これだけ濡れていれば……）

大丈夫だと、自分に言い聞かせて、浅く深呼吸した。

「い、いきますよ」

涼太が言うと、玲子は恥ずかしそうに顔をそむけて小さく頷いた。彼女の緊張がはっきりと伝わってくる。

涼太は勃起した怒張を握って腰を前に進める。

切っ先が穴に嵌まった感触があった。

ゆっくりと腰を送り、強く埋めていくが、

（くううっ、せ、狭い……さすが処女）

なかなか入らないが何度か腰を押したときだ。

ぶちゅっ、と音がして、濡れた入り口を押し広げる感覚があり、ぬるりと嵌まり込んでいく。

「くう……ッ！」

玲子が苦悶の声を出して、しがみついてきた。

こちらもキツい。

先端がジンジンと痺れるくらい痛い。

思わず腰を引こうとすると、

「う、動かないでっ！」

抱きついたまま玲子が叫んだ。

「痛いですか？」

訊くと、玲子はこくこくと頷いた。

「だめっ……裂けちゃう……お願いっ……じっと、じっとしてて……」

言われるままに涼太は腰を止めてしばらくじっとしていた。

(最初はすんごい痛いって聞くもんな……)

必死にガマンした。

でも……玲子と抱擁するのはたまらなく心地よかったけれど、動かないというのはつらすぎた。何よりも玲子の中があったかくてぬめぬめして、しかもペニスを締めつけてくるのである。

（くううっ！　な、生殺しだっ……）

動かして、こすりたかった。

「れ、玲子さん……ど、どうですか……？」

玲子は首に抱きついた手の力を緩めると、真っ直ぐに涼太を見つめてきた。瞳が潤みきって、なんとも色っぽい表情だ。

「ぬ、抜いてちょうだい」

「ええ？」

涼太が困った顔をすると、玲子が柔らかい笑みを漏らした。

「ウソよ。ウフフ……少しだけ痛みが引いてきたわ……ねえ？　血、出てる？」

涼太はそっと結合部を見た。

「す、少しだけです」

「あっ、シーツ」

「大丈夫です。僕がこっそり洗っておきますから。心配しないで」

玲子がホッとしたような顔をする。

改めて本当にキレイな人だと思った。

それに高飛車でツンツンしていると思っていたのに、いろいろ気も配ってくれる優しい人だと誤解を解いた。

「ああ……痛みが引いたら……やあん……ホントに入ってる。あなたのが……」

玲子が歪んだ顔を見せてきた。

「これって大きいの？　亜由美たちが言ったように……」

「わかりません……でも、おっきいのかも」

「自分で言うのね……まあ、でもよかった。もしこれで小さいなんて言われたらどうしようかと思っちゃった」

「だ、大丈夫ですか？」

「うん……ねえ……少しなら動いていいわよ」

「はい」

玲子にわずかな余裕が出てきたようだ。

入れたまま見れば、玲子の瞳がとろんとして妖しげに光っている。

頬には黒髪が張りついて、汗ばんだ素肌から甘い匂いがした。

いやらしいセックスの匂いも鼻先をくすぐってくる。

「ああ、玲子さんっ……」

挿入したまま、ぐぐっ、と腰を入れる。

「あっ……ううんっ……ああんっ」

奥まで貫くと、玲子は悩ましい泣き顔を見せて激しく身をよじった。

エッチな表情が可愛らしくてキュートだ。

少し動いただけで、真っ白くて大きなおっぱいが目の前で揺れ弾んだ。

涼太は背を丸め、揺れる乳房を、チュウチュウと音を立てて吸いあげた。

「はあんっ、あんっ……だめっ、ああんっ、恥ずかしい……」

玲子がまたギュッと抱きついてきた。

「痛くないですか？」

耳元で訊くと、玲子は小さく頷いた。

「大丈夫……ねえ……ちゃんと外に出してよ」

「は、はい」

うまくできるかわからなかったが、とにかく射精をこらえて慎重に腰を動かしていく。

（くっ、気持ちいい……）

浅いところで抜き差ししているのがよかったのかもしれない。

「あ、あん、あんっ、だめっ、ああんっ……」

玲子がのけぞった。

あられもない声を漏らし、激しく身をよじっている。

「き、気持ちいいですか？」

突きながら訊けば、しかし玲子は首を横に振った。

「わ、わかんない……でも、いい感じがする……あ、ああんっ」

玲子が腰を動かしてきた。まるで握られたように強く膣が締まる。

出そうになって、慌てて奥歯を嚙みしめる。

玲子が背を大きくそらして、耳元でささやいてきた。

「もっとしてっ……たまらないの……」

そんな風に言われたら、もうだめだった。

涼太は素っ裸の玲子を抱きしめつつ、少し腰の動きを強めていく。

すると、ぬちゃっ、ぬちゃっ、と激しい水音がして、しとどに愛液が漏れてきた。

打ち込むたびに、玲子は眉間に悩ましい縦ジワをいっそう深くして、女の悩ましい表情を見せてくる。

とまらなかった。

細い腰を両手でつかみ、いよいよ奥まで突いた。

「あっ！　ああっ、ああっ……そんな……だめっ……ああんッ！」

玲子がまたキツく膣をしめつけてくる。

この動きに、涼太は翻弄されてしまった。

「ああ、だめですっ、出ちゃうっ！」

「あんっ……ああんっ……私もなんか……ああんっ！」

玲子がしがみついて腰をうねらせた。

射精の渇望が襲ってきて、涼太は慌ててペニスを抜いた。

次の瞬間、切っ先から熱い精液が放出されて、玲子の腹や胸に白濁液をこびりつかせてしまうのだった。

第五章　波打ち際でビキニ美女と

1

また寝不足の朝であった。

しかし、誇らしく清々しい朝でもある。

ついに同世代の女の子とセックスしたのだ。文乃のときは、何も考えられず、ただただ興奮で寝付けないだけだったが、二度目はもっと落ち着いてできた。

(夏のビーチも、民宿も、最高だ！)

昨晩、陽キャ大学生たちに女子大生を取られて、沈んでいたのに、今度は人生がバラ色である。気分はジェットコースターだが、十代なんてそんなもんだ。

「あ、涼くん。おはよ」

キッチンに行くと、文乃が振り向いてニコッと微笑んでくる。

シンクの前で野菜の皮を剝いていた。

いつもながら包み込むような優しい顔立ちに、ほっこり癒やされる。

今日は肩までのサラサラのボブヘアを後ろで結んだスタイルで、ピンクっぽい唇の色が、とても若々しくて色っぽかった。

(朝から可愛いよな、叔母さん)

胸当てのひらひらした可愛らしいエプロンに、その下は薄手のサマーニットと膝丈のフレアスカートだ。

スレンダーで腰がほっそりしているのに、スカートを盛りあげる尻の丸みが目を見張るほどだった。悩ましげな甘い女の匂いが漂ってくる。

(エッチな身体をしてるんだよなあ、叔母さんって)

昨晩、玲子の若々しいスレンダー巨乳を拝んだから、文乃のムッチリした豊満ボディが恋しい。

後ろ姿をじっと見ていると、文乃がクスクス笑った。

「なあに見てるのかしら。ねえ涼くん、朝からへんな目で叔母さんを見てない？」

文乃がキワどいジョークを言う。

今までだったら、言い訳して逃げていた。

だが、もうそんな弱気な自分ではない。

「見てないよ。何か手伝おうか」

「ウフフ。じゃあ、じゃがいもの皮剝き、お願い。できる？」

文乃が、じゃがいもを渡してきた。

「もちろんいいよ」

皮剝き器で、じゃがいもの皮を剝きながら横を向く。

エプロンを押しあげる胸のふくらみが、なんとも悩ましい。どうも大きさでは玲子さんよりも叔母さんに軍配があがりそうだなと思っていると、文乃がうれしいそうに笑った。

「どうかした？」

「ううん。涼くん、明るくなったなって。誘ってよかった」

そう言うと、文乃はちらりと後ろを見てから、背伸びをして素早く顔を近づけ、軽く頰にチュッとキスしてきた。

「え？」

びっくりして見ると、文乃はちょっとふくれた顔をした。

「だけど、明るくなったのはいいけど……女の子たちと仲がよすぎるんじゃないかしら。葵ちゃんがいるのはわかるけど」

「えっ？」

驚いた。

叔母が、そんなことを注意してくるとは思わなかったのだ。

従業員だから客との距離を考えて……ということなのかと思っていたら、文乃は目の下を赤くして、なんだか恥ずかしそうにしていた。

（なんかへんな感じだな。まさか嫉妬……？）

ちょっとニヤついてしまった。

「叔母さん、僕が亜由美さんや玲子さんと仲良くするのが面白くないの？」

「え？　そんなこと言ってないわ……涼くんって、その……意外とエッチだから、間違いを起こさないか叔母さんとしては心配なだけ」

朝からドキドキした。

叔母の口からそんな言葉が出るなんて……。

「ごめん。嫌いになった？」

しょげたふりして言うと、叔母は野菜を切りながら、ちらっとこちらを見た。

「き、嫌いとかそういうんじゃなくて」

「じゃあ好き？」

背後に陣取って耳元で言うと、文乃が困惑した顔をした。

「な、何を言ってるのよ、朝っぱらから……もうっ……」

叔母は頰をふくらませてから、潤んだ目を向けてきた。恥じらいの表情に涼太の興奮はピークに達した。

（た、たまんないっ……）

右手で文乃の背中を撫でると、

「キャッ！」

と、彼女は甲高い悲鳴を漏らして、身体を伸びあがらせる。

「あぶないでしょ。包丁を使っているのよ」

注意してくるものの、叔母は本気で怒っている様子ではなかった。

涼太も、ちらりと背後を見た。

まだ従業員のおばさんたちも来ていないし、女子大生たちはみな、昨日は花火をしていたから、早くは起きてこないだろう。

思いきって叔母の背後にぴったりくっつき、ズボン越しに硬くなった股間を、フレアスカート越しのヒップにくっつけた。

「……！」

文乃はハッとして顔をあげるも、そういう子どもじみたイタズラには付き合わないとばかりに、赤ら顔のまま野菜を切り続ける。

（ああ、朝からイチャイチャしてる！）

玲子を感じさせたことが自信につながっている。

三こすり半で暴発してしまったあのときとは違うと、短パン越しの硬くなった屹立で叔母のヒップをいやらしく撫でまわす。

押し返してくるヒップの弾力が素晴らしい。

ますます股間が硬くなってしまう。

「……涼くん、そんなことしないのっ」

文乃は戸惑い顔だ。

「だって、叔母さんが拗ねた可愛い顔するんだもん」

「そんな顔してないわ……あんッ……もうっ……やめなさい」

さすがにガマンできなくなったのか、叔母は包丁を置いて、尻をじりっ、じりっと揺すり立てる。

そのいやがり方が、まるで誘っているようで、理性が切れた。

右手をスカートの中に忍ばせると、さすがに文乃がハッとしたような顔をして涼太のイタズラする手をつかんできた。

「やんっ、ちょっと……涼くんっ……ううん」

後ろから抱きつき、肩越しに文乃を振り向かせて唇を押しつける。

最初は抵抗していた文乃だったが、濃厚なキスをしていると、身体の力が抜けてきた。

そのまま左手をサマーニットの裾から潜り込ませて、もぞもぞとブラジャーに包まれた乳房を揉みしだく。

「い、いやっ……待って。待ってってば……」

文乃はキスをほどいていやがるも、涼太は左手でブラ越しの乳房を揉みながら、右手でパンティ越しのヒップを撫で、本格的に愛撫を始める。

しばらくすると、

「だ、だめってばっ……あ、ああんっ……涼くんったら……だめっ……う、ううんっ」

叔母の声に色っぽい音色が混じり、ハアハアと息も弾んできている。

もうガマンできない。

叔母のパンティを下ろそうとしたときだ。

「はろー！」

誰かの声が聞こえてきて、慌てて涼太は叔母から離れて振り返る。

文乃も乱れたスカートとサマーニットを慌てて直し、息を整えながら背後を振り返った

亜由美が立っていて、うーんと伸びをした。

タンクトップにショートパンツという露出度の高い格好だ。

しかもタンクトップは、男ものかと思うほどぶかぶかで、ブラジャーが見えないからおそらくノーブラだろう。

「は、早いのね、亜由美ちゃん」

文乃が髪を後ろにかきあげながら言う。

「なーんか目が冴えちゃって。しかし、相変わらず仲がいいのねえ。なんか年の離れた恋人同士みたい」

ギクッとして冷や汗が出る。

（も、もしかして、叔母さんにエッチなことしてるの、み、見られた……？）

しかし、亜由美はそれ以上追及してこない。

本心がまるでわからない。

「あら、涼くんの恋人に見られるなんて、おばさんうれしいわ」

文乃がごまかすように、ウフフと余裕の笑みを漏らす。

亜由美は大げさに笑った。

「文乃さんって、そんなに可愛らしいんだから、あんまり謙遜しないでよ」

「亜由美ちゃんに言われると照れるわね。でも、もうちょっと朝は、露出をひかえたらどうかしら。涼くんがびっくりしてるわよ」

文乃に言われて、涼太は亜由美の胸から目をそらした。

亜由美も大げさに笑う。

「だって誘惑してるんだもん」

あっけらかんと言われた。文乃と亜由美の視線が交錯する。

文乃はニコニコしているものの、なんだかちょっと、怖い雰囲気がした。

2

昼食の片付けを終えた涼太は、休憩時間をもらったので、海でのんびりと日焼けでもしようかと賑わう砂浜にやってきた。

じりじりとした暑さだ。

歩いているだけで汗が噴き出してくる。

Tシャツに海水パンツという格好だが、もうTシャツの背中が、汗で張りついてしまっている。

家族客や若いカップル、学生たちはみな楽しそうに泳いだり、日焼けしたりしていた。

もう嫉妬はない。カップルを微笑ましい目で見てしまっている。

どこにシートを敷こうかと歩きながら、つい、今朝のことを考えてしまう。

亜由美と文乃だ。

(あれはなんだったんだろ……)

ふたりが、何か張り合っているような気がしたのである。

考えると、どうも自分が原因ではないかと思えてくる。

(叔母さん……女子大生たちと仲良くしないでって言ったのも、なんか嫉妬からきてるっぽいんだよな)

ニヘッと笑っていると、いきなり足のすねを蹴られた。

「いてっ……あっ」

誰かと思ったら、ビーチパラソルの下に、葵と亜由美と玲子がいた。

蹴ったのは葵だ。

「蹴らなくてもいいだろ。声かけろよ」

文句を言うと、葵がやれやれという面倒くささそうな顔をした。

ロリータ美少女はそんな表情でも可愛らしい。

「だって、気持ち悪いんだもん。ああ、わかった。そういうニタニタな気持ち悪い顔をして、海水浴客を遠ざける作戦か」

「なんで、んなことしなきゃならないんだよ」

言いながら、三人に素早く目を走らせてしまう。

亜由美は大胆な白のビキニに大きなサングラス。

葵はTシャツに、デニムの超ミニショートパンツだ。

そして一番露出度の低いのが玲子で、フリルのついた黒のワンピースタイプの水着の上に、白いパーカーを羽織っている。

玲子は体型の隠れるようなひかえめな水着を着ていたが、そのスタイルのよさを涼太は知っている。

玲子の生まれたままの姿を、穴が開くほど凝視して堪能したからだ。

亜由美が「座ったら」と誘ってくれたので、大きなシートの端に腰かけた。

甘いココナッツの匂いは、サンオイルだろう。女子大生の甘い匂いがムンムンとする。

座ってほどなく、玲子と目が合って、彼女はすぐに何も言わずに目をそらした。

あきらかに恥ずかしがっている。

涼太も動揺しまいと、心の中で「落ち着け」と連呼するものの、昨夜、処女を奪った相手が横にいると思うと身体を熱くしてしまう。

「何をニタニタして歩いてたの？　どうせエッチな水着のお姉さんでも、探してたんだろ？」

葵がいつものように軽口を飛ばしてくる。

すると、サングラスをかけた亜由美が、葵を上目遣いに見た。

「あれ～？　玲子はいつもみたいに続かないいんだ？　スケベだとかヘンタイとか涼太のことを罵る（ののし）のに」

「えっ？」

亜由美に言われて、玲子は動揺していた。

「べ、別に。呆れているだけですわ」

玲子が意識していた。

当然だろう。昨晩身体を交わしたのだ。

亜由美は玲子の顔を覗きながら「ふーん」と面白くなさそうな顔をしてから立ちあがって、太ももやヒップの砂を両手で払った。

「泳いでこよっと」

亜由美が茶髪をかきあげながら、サンダルを履いて海の方に歩いていく。

ところが賑わっている海に入るわけでもなく、どんどんと人気（ひとけ）のない岩場の方に歩いていってしまう。

「亜由美さん、どこ行くんだろ」

涼太が葵に訊くと、

「さあ？　珍しいね。朝食のときもあんまり喋ってなかったし……」

玲子と顔を見合わせて、うんうんと確認し合っている。

（どうしたんだろ）

朝は文乃にちょっかいを出して、今度は玲子に突っかかっていた。

亜由美のことがちょっと気になってきた。

「あの、僕、見てきます」

葵や玲子は大丈夫でしょ、と言っていたが、やはり気になる。

亜由美は遊泳区域を越えて、岩場の方まで歩いていくのが見えた。ビーチの端の方は岩ばかりで怪我をしやすいから、人がいかないのだ。

岩陰に亜由美の姿は見えていたが、すっと見えなくなった。

大きな岩の裏の方にまわったらしい。

(あっちは人がいないよな)

転んだりしたら大変だと、少し早足になる。

ようやく岩のところまで来ると、男たちの声がした。

不安になって大きな岩陰から顔を出すと、真っ黒に日焼けしたチャラい男たちが亜由美を取り囲んでいた。

「うっわ、この子、スタイルやばっ」

「スッゲー、鬼カワギャルじゃん。何、こんなとこ来て、ナンパ待ち？」

「ねえねえ、名前はなんてーの？　お兄さんたちと遊ぼうぜ」

ひとりの男が、馴れ馴れしく水着の亜由美の腰に手をまわした。

「やめてよっ」

亜由美がその手をぴしゃりと叩いた。

「いっつー」

「なんだよ、こんなエロい水着でさぁ。いいじゃん、夏のビーチ。ひと夏の思い出をつくろうよ」

次第に男たちの言葉が下品になっていく。

「なあ、解放感ばっちりのおまんこしてんだろ。こっちも、ワイルドなチンポしてるからさあ。心も股も太陽の熱でユルユルいこうぜ」

ひとりの男の手が、亜由美のビキニ越しの乳房を揉んだ。

「キャッ！」

亜由美が甲高い悲鳴をあげて、両手をクロスさせて胸を隠した。

（あいつらっ）

気づいたら岩の前に出てしまった。

怖かったけど、本能的に足が出てしまった。もう戻れない。

「あ、亜由美さんっ！」

男たちがいっせいにこちらを向いた。

「あん？　なんやあれ。お姉ちゃん、知り合い？」

「まさかカレシじゃないよなあ、こんなオタクっぽいヤツが」

男たちがこちらに集中している隙に、亜由美は男たちを振りきって、涼太に抱きついてきた。

サンオイルを塗った甘い匂いのするすべすべの柔肌、そしてFカップのおっぱいの重みがすべて伝わってきた。

「私のカレシ。悪い？」

ニッコリしながら亜由美はそのまま背伸びして、キスしてきた。

「チッ」

男たちが舌打ちして、岩場から離れていく。

誰もいなくなって、涼太はへなへなと岩場にしゃがみ込んでしまった。

3

「ちょっと、大丈夫なの？　涼太」

亜由美が顔を覗き込んできた。

前屈みになったから、白いビキニのブラから、小麦色のFカップバストの谷間が覗き、小豆（あずき）色の乳輪がチラリとはみ出しているのも見えた。

「だ、大丈夫です……」

亜由美の手を借りて、なんとか立ちあがる。

目線がどうしても、揺れるふくらみを追ってしまう。

(あいつら、このおっぱいを揉んだよな)

いや、それよりも……今……僕は亜由美にキスされた。二度目のキス。

彼女はクスクスと笑っている。

「いやー、助かった。輪姦（まわ）されるかと思っちゃった」

あっけらかんと亜由美が言う。

涼太は目をぱちくりさせて真顔で言う。

「ま、まわっ……なんでこういう場所に来るんですか。あぶないでしょう」

涼太が強く言ったのが珍しかったのか、きょとんとしていた亜由美が「ぷっ」と派手に噴き出した。

「わあ、涼太に怒られちゃった。はいはい、じゃあ、ご褒美ね」

亜由美が手を伸ばしてきて水着越しの股間を撫でてくる。

「あっ……ちょっと……」

腰を引くと、亜由美がニヤッとした。

「ちょっと大きくなってなかった？　おねーさんのおっぱい、気になっちゃうもんねえ。誰かに揉まれる前にあんたが揉んでおく？」

亜由美が両パイを両手ですくうように持ちあげ、アピールしてくる。

揉みたい。ご褒美に触ってほしい。

だけど、こういった危ないところにきて、男に乳房を揉まれたことが脳裏に焼きついていた。

亜由美は軽すぎるのだ。

「そういうことをするから、襲われそうになるんです。軽いから、すぐヤレそうだなって思われ……」

そこまで言って涼太は口を閉じた。

亜由美が涼やかな目を細めて、睨んできたからだ。

「何よお。ヤリマンだって言いたいわけ？　はーん、ヤリマンだから、追っかけてきたのね。ヤレそうだからって」

いつものからかうような口調とは違った。

何か涼太に対して怒っているような、意地が悪いような言い方だった。

「そんなわけないじゃないですか。なんかおかしいですよ、今朝から」

「あんた、玲子ともヤッたでしょ」

首筋が寒くなり、声が出なくなってしまった。

「な、な……」

「やっぱりね。それに文乃さんともヤッたわけだ。オタ顔をして、やることはやるわけだねえ、見境なく」

「そ、そうじゃないですっ。だって向こうから……」

しまった口を滑らせた、と思っても遅かった。

亜由美がフッと鼻で笑った。

「ふーん。迫られると拒めないってワケね？」

うっ、と涼太は何も言えなくなった。亜由美がニヤッと笑みを見せて、また股間のふくらみを撫でてくる。

「じゃあ、私が迫ったりしても、簡単にヤッたりするんだ？　まあ、手コキしたときも抵抗しなかったし、誰でもいいもんねえ、ほれ」

いきなり亜由美が、ビキニブラをめくった。

うっすら日焼けしたFカップバストが、ばゆんっ、と揺れて剝き出しになる。

当然ながら目が向いた。まずい。視線をそらそうとしても、ガン見している目がおっぱいとくっついたように離れない。

ビキニブラを戻した亜由美が、じろっと睨んできた。

「……エッチ」

「い、いや……だって……っ。誰だって、み、見ますよっ。だから、そういうのが……襲われちゃったりするんです」

「涼太も襲っちゃう？　ほらほら」

胸を突き出してくる。そのからかい方にいい加減腹が立ってきたので、涼太は狙いを定めて、ビキニブラの上から、中心部を人差し指で突いてやった。

「あんっ」

亜由美が色っぽい声を出して、身体を丸めた。

意外な可愛い反応に、涼太はニヤッと笑う。

「か、感じやすいんですね、意外と」

逆襲してみると、それほど怖くなくなった。

あの亜由美が目の下を赤くして恥ずかしそうにしていたのだ。

亜由美が反論した。

「へんなとこを、いきなり突いてくるからよ。あんたなんかに、感じさせられるわけがないでしょーが」

亜由美が挑発的に言う。

でも、なんだか亜由美にしては緊張しているように見えた。

(な、なんか、妖しい雰囲気だぞ)

いつもからかってくるような感じとは違う。濃密な雰囲気だった。

緊張しすぎて耳鳴りがする。

ハアハアと息が荒くなっていく。

波の音と潮の香り、じりじりとした真夏の太陽。

そして……。

亜由美の栗色のストレートヘアが、サラサラと海風になびいている。

甘ったるい日焼け止めのクリームや、亜由美の柔肌の濃厚な匂いが、涼太の鼻先に漂ってきていた。

「か、感じさせたら、どうなるんですか？」

涼太が言うと、彼女はニヤッとした。

「あなたに感じさせられたら、私の負けでいいわよ」

亜由美はそう言って、抱きついてきた。

涼太も思いきって亜由美を抱きしめ、ビキニブラ越しのふくよかなおっぱいを揉みしだくのだった。

4

「あはっ、こらこら、そんなにがっつくな」

亜由美が身をよじるも、昂ぶっているのが表情からわかった。

(余裕ぶって……いつもからかってきて……この生意気な女子大生に、生意気な口をきけなくさせてみたい)

強い気概で亜由美のビキニブラをズリ上げて、ふたりで岩場に立ったまま、亜由美の乳首を吸い、そして舌で舐める。

「んっ……やっ……」

亜由美はくすぐったそうにしているものの、口ぶりに早くも色っぽい媚態が混じり始める。

さらに揉みしだき、舐め続けると、

「んっ……くっ……」

といよいよ亜由美が、悩ましげな吐息を漏らし始めた。

「亜由美さん、声が色っぽくなってきましたよ」

舐めながら言うと、亜由美はとろけていた目を大きく開いて、ちょっと余裕ぶった表情に戻した。

「生意気っ。まあでも、結構うまいんじゃない？」

ニヒヒと笑うものの亜由美の肌が汗ばんできていた。

乳首も硬くなってきたのがわかる。

(感じてるな)

よし、と決意して、右手を下ろしていき、亜由美の股間に手を伸ばしていく。

ビキニショーツの上から指で恥ずかしい部分に触れると、妙な熱気がこもっているのを感じる。

パンティよりも厚い生地なのに、湿り気のようなものを感じるのだ。

確かめたくなって、そのままビキニショーツの上端から、手を滑り込ませた。

「やっ！」

亜由美がこちらの手を握ってきて、顔をそむける。

繊毛の奥にあるワレ目に指を届かせる。

そこはすでに熱く、ぬるっとした潤みがあった。

信じられない。

まだちょっと愛撫しただけなのに、亜由美のアソコは湿っていたのだ。

「濡れて……」

口にした瞬間、亜由美が真っ赤な顔を向けて、手で涼太の口を塞いできた。

「うっさい。言わなくていーからっ」

亜由美はそう言って、プイッとそっぽを向く。

意外にも、恥ずかしがるタイプなのかと可愛らしく思えた。

遊んでいるようでも、そこまで遊んでいるわけでもないのかもしれない。

経験豊富そうに見えたから気後れしていたが、やる気が出てきて、ビキニショーツの中で涼太は躊躇なく、指を動かした。

早くも、ぬちゃぬちゃと湿った音がして、亜由美がビクッとした。

どこが感じるのだろうと指で探ると、こりっとしたものが上部にあった。

クリトリスだ。

ここは玲子も感じた。女ならみんな感じるはずだ。

女の急所を指でそっと触れると、

「んっ」

亜由美が腕の中で可愛らしく、ビクッとした。

とたんにとろけた顔を向けてくる。

（おお！　か、かわええ！）

彼女が、これほどまでに初心な反応をするとは思わなかった。

ますます興奮し、親指でクリトリスをなぞりつつ、同時に膣穴に指をぬるりと滑り込ませる。

すると、

「あンッ」

亜由美が顎をクンッとあげ、せつなそうに眉間に縦ジワを刻んだ。

（ふわあっ、エ、エロい顔っ）

その表情を見ただけで、涼太の海パンの中のイチモツがググッ、と力をみなぎらせた。

もう止まらない。

自分のものにしたかった。必死になって指を抜き差しする。

「ンンッ……んっ……んっ……」

ぬちゃっ、ぬちゃっ、と卑猥な音がさらに湧き立ち、亜由美の膣奥から蜜がとろとろとあふれてくる。

いやらしい性の匂いがビキニショーツの中から、発せられる。

海風に交じって、なんだか磯の香りがした。

「んっ、んんっ……あっ、あっ……はぁっ……ああんっ……はああんっ」

何度もしつこくいじっていると、いよいよ亜由美の目がとろんとして、吐息が甘ったるいものに変わっていく。

もう憎まれ口を叩く余裕もないらしい。

眉がつらそうに歪んで、切れ長の両目が宙を見据えている。

「き、気持ちいいんでしょ？」

訊くと、亜由美はハアハアと息を荒げながらも、ニヤリと笑った。

「ま、まあね……ふーん、ちゃんとできるんだって、おねーさんは安心した」

まだそんなことを言えるのか。

呆れるとともに、その余裕をなくしたいと意地になる。

「童貞じゃないですからね。ねえ、亜由美さん、気持ちいいんでしょ？」

亜由美は、

「ばーか」

とだけ言って、お茶目に舌をぺろりと出した。

ムッとすると同時に、強がりだとわかるから、愛らしさが湧く。

さらに愛蜜があふれる姫口を、くちゅくちゅと音がするほどいじり立て、クリトリスを指で可愛がれば、

「んっ、んっ、んっ、んっ……」

亜由美は眉間にさらに深いシワを寄せ、下唇をきゅっと噛みしめた。

あふれ出る声をガマンしているらしい。

立っているのもつらくなってきたのか、亜由美が体重を預けてきた。

（ああ、完璧にイチャついてるよ……）

波の音、潮風、そして照りつける夏の太陽……その中では、ふたりは汗まみれで、水着のままイチャついてる。

なんだか自分がモテ男に思えてきた。

違うとはわかっているが、夏のビーチでこれほどの美女とエッチなことをしていると思うと、自信がみなぎってくる。

5

涼太が愛撫を続けていると、

「……やばいかも」

亜由美が薄目を開けて、せつなそうな視線を送ってきた。

「やばい？」

訊くと、彼女は口元を手で隠しながら、じっと見つめてきた。

「……イッちゃうかも……」

そのときの亜由美の表情は、どんなＡＶ女優よりもいやらしく、そして脳みそが飛びそうなほど可愛らしかった。

「僕の指で？」

思わずニタニタして煽る。

怒られると思った。

だが亜由美は、可愛らしく手の甲で口を隠しながら、小さく頷いた。

ああ、可愛い。

もう中でイカせたい。
その気持ちが本能的に、膣奥で指を鈎のように曲げさせた。
(ここらへんが、Ｇスポットだよな)
指で今まで触ったことのないところをまさぐると、ざらついたふくらみがあって、
そこに指を届かせると、
「んっ！　あっ……ああんっ……はぁっ……あァッ……だめっ！」
亜由美がいきなりギュッと腕をつかんできて、不安そうな顔を見せてきた。
(やっぱり、ここが感じるんだな)
ビキニショーツの中は洪水だ。
指がもうとろけそうなほど熱くなってきて、締まりも強くなってきた。
媚肉がきゅんきゅんと疼いているのがわかる。
そして……亜由美は小さい声を漏らして、泣き顔でこちらを見た。
「……涼太……だめ……イク……」
その直後、腕の中でビクンと痙攣して、両手でギュッと抱きついてきた。
「あ、亜由美……さん？」
身体がまだ震えている。

しばらくして震えが収まったと思ったら、亜由美が耳元でささやいた。

「……ばか……エッチ……もう知らないからぁ」

脳みそをくすぐるような甘い声。

表情を見ると、彼女は目に、キラキラとした涙を浮かべていた。

もうだめだった。

いつものヤリマン風な余裕は影を潜め、可愛らしくじっとこちらを見ている亜由美に完全にやられた。

顔を近づけていくと、亜由美がゆっくりと目をつむり、わずかに唇を突き出してきた。

不意打ちとは違う、今度はお互いが意識したキスだ。

ドキドキしながら唇を押しつける。

「ん……ンフッ……ンン……んちゅ」

亜由美が背中に手をまわしてきた。

しかもである。

「うふんっ……ううんっ……」

亜由美の方から悩ましく鼻息を漏らしながら、舌を入れてきた。

（ああ……いやらしいキス……）

欲しくてたまらないというような、欲望にまみれたベロチューだった。

こちらも夢中になって舌を出し、激しく舌をからめ合う。

「んふうん。ううんっ……んんぅ」

濃厚なキスで、口の中がとろけていくようだった。

亜由美の甘い唾や呼気や、唇の柔らかさをもっと感じたいと、涼太は唇を押しつけて舌で亜由美の口中を舐めしゃぶった。

（くうっ……キスって気持ちいい……頭が、ぼーっとする）

亜由美のキスは恋人同士のように濃厚だった。そしてディープなキスをしかけながら、ビキニショーツの下腹部をすり寄せてきた。

（ああ、欲しがっている）

亜由美の手が、涼太の水着越しの股間をいやらしくこすってきた。

（う、うぐっ……）

相変わらず、いやらしい手つきだった。しかも撫で方が激しく、亜由美の興奮が伝わってくる。

「ンッ……んううんっ……」

亜由美の甘ったるい鼻声が強くなる。

ギュッとすると、亜由美は首に腕をからめてきて、まわりが見たら照れてしまうような、イチャイチャと抱きつくようなキスになる。

（ゆ、夢みたいっ……こういうのしたかったんだよな……）

恋人同士が海でするような、陽キャを絵に描いたようなシーンだ。

しかも相手は芸能人ばりの麗しい女子大生のおねーさん。

全身がむず痒くなるくらいの強烈な刺激だった。

もう確かめる必要はない。

ひとつになりたい。

涼太はキスをほどくと、そのまま亜由美の身体を反転させて、大きな岩に手をつかせ、白いビキニショーツをズリ下ろした。

うっすらと小麦色の、迫力のヒップが、こちらに突き出される。

（お尻……で、でっかっ……）

尻たぼから太ももにかけてのボリューム感が、圧倒的だった。

「ねえっ……早く……誰か来ちゃうからぁ」

亜由美が肩越しに、とろけた目で見つめてくる。

涼太は額の汗を拭ってから、海パンを脱いで全裸になる。

亜由美もビキニブラをめくられ、ビキニショーツを脱がされ、ほぼ全裸という状態だ。

遠くで海水浴客の声がする。

野外でするのだ。

興奮がすごい。

亜由美の尻を眺めた。

彼女は、量感たっぷりの半球に、じっとりと生汗をにじませている。

豊満な尻の奥には開き気味の濃いピンクのワレ目が息づいており、内部はぐっしょり濡れている。

小麦色のギャルは、アソコから生臭い発酵チーズのようなプンとする匂いを発して男を誘い込むようだ。

「い、いいんですね?」

涼太が言う。その言葉には「ゴムがない」ことを含んでいた。

亜由美は肩越しにこちらを見てから、

「いいわよ。早く……」

とおねだりする。いいのだ。ナマでいいのだ……。

涼太は鼻息荒く亜由美のヒップを撫でまわし、臍までつきそうな怒張を右手で押さえながら、彼女の濡れ溝にこすりつけた。

「ああ……」

それだけで、亜由美がもどかしそうに腰をくねらせる。

立ちバックは初めてだった。

うまくいくかわからないが、とにかく立ったまま、高さを調整して膣口を探り当てて腰を押し進めていく。

濡れた入り口を押し広げ、亀頭がぬるりと嵌まり込んだ。

「……あっ、ぁああッ！」

亜由美は顎を跳ねあげ、両手を岩についたまま大きくのけぞった。

（ああ、ついに亜由美さんとも……）

セックスしている。陰キャの自分には手の届かない、最上位の派手な美人と、ついにひとつになれた。

（僕のものだ……ああ、それにしても中が熱いっ）

媚肉が、奥へ奥へと引き込むように、うねうねとうねっている。

たまらずに、ずんっ、と奥まで突き入れると、

「あっ……あああっ、あああっ……！」

亜由美は悲鳴にも似た嬌声を漏らして、さらに大きく背中をそらせた。

「ああん、涼太の……すごい奥まできちゃう……」

肩越しに亜由美が振り向き、くすぐったそうに言う。

とろんとした牝の表情だ。

もっと気持ちよくなりたい。こすりたくてたまらない。

夢中で腰を動かすと、

「あああっ……は、入ってくるっ……いやあああん……涼太の、オチンチンが奥まで入って……ああンっ……」

岩に手を突いたまま亜由美は震えた。

人気のない岩場とはいえ、誰が見ているかわからない。

恥ずかしいはずなのに、年上のお姉さんは淫らに尻を振ってきた。

（すごい……おねだりしてくる……）

これほどの美人と海辺でセックスしている。

最高に気持ちいい。

優越感だ。

さっきナンパしてきたチャラ男たちに見せつけてやりたいくらい誇らしい。

もうとまらなかった。

夢中になって立ちバックで突いた。

媚肉がキュッ、キュッとペニスを締めつけてきて、腰が甘くとろけ始める。

「くううっ。あ、亜由美さん……気持ちいいですっ」

亜由美の蜜壺の締め具合がよくて、涼太は歓喜の声を漏らす。

「あ、あッ、ああッ……ああんっ……私もいいわ、いい！　あん、んっ、んっ、んっ」

亜由美はかなり感じているようで、裸体を何度も悶えさせて、巨大なバストをぶわん、ぶわん、と揺らしている。

涼太は背後から手をまわしてFカップのおっぱいを揉みしだき、味わい尽くすように、乳首もつまんだり、指で押したりした。

すると、

「はあんっ……だめっ、そんなにいじったら……あんっ」

亜由美が悶えた。乳首がやはり感じるらしい。

ヒップがさらに突き出され、ぐいぐいと押しつけられる。

ぐいぐいと抜き差しすれば、亜由美の丸々と張りつめたヒップが、涼太の腰をぶわわん、と押し返してきて、ぱんぱんと弾けるような打擲音が打ち鳴らされていく。

「あんっ……やだっ、やっぱ、涼太のおっき……ンウウッ」

亜由美が何度もヨガり声を放つ。

身体が汗ばんでいた。

ふたりとも汗だくだった。

じりじりした夏の太陽の下でひとつになるのが最高だった。

腰振りがどんどん獣じみた、激しいものになっていく。

「あんっ……涼太ぁ……は、激しっ……あ、あんっ……いやあん、頭が、し、痺れちゃう……ああん、おかしくなるっ」

いよいよ亜由美の様子が切羽つまってきた。

立ちバックの不自由な体勢ながら、抱きしめたいと前傾してギュッと抱きつくと、亜由美は肩越しに振り返って唇を重ねてきた。

「……ぅんん……」

むしゃぶりつくような荒々しいキスだった。

当然のように舌を激しく吸い合い、唾液の音を響かせて、甘い唾の味が涼太の口の中を満たしていく。

「んふ……んんっ……」

とろけるようなディープキスだ。

頭の芯がぼうっと痺れていく。

(立ちバックで挿入しながらのベロチュー……だめだっ。気持ちいい……ッ)

ますます突いた。

射精をガマンして、後ろから突きあげていると、

「あっ！　ああっ、ああっ……だめっ……ああんッ！」

もうキスもできなくなったのか、亜由美が唇を外して背をそらした。

「あんっ、涼太っ、やばっ……またイク……おっきなチンポ、だいすきぃいいい！」

亜由美が淫靡な言葉を口走りながら、窄まるように締めつけてくる。

「くううっ、そ、そんなに締めたら出ちゃいますっ」

焦って叫ぶ。

しかし亜由美はさらに尻を押しつけてきた。

「ねえっ、ねえっ……大丈夫だからっ、ねえっ、中にちょうだいっ！　あん、だめっ、

ねえっ……イッていい？　イッ、イッちゃう、ああ……だめっ」

亜由美が肩越しに甘え顔を見せてくる。

あの余裕ぶった小悪魔が、歩いているだけで男から声をかけられまくりの、セクシーな美女が、こちらにおねだりしている。

もうガマンできなかった。

背後からしがみつき、乳房を揉みしだきながら叫んだ。

「ああ、僕も、もうだめですっ……！　だ、出しますよっ」

グイッと奥まで突き刺した後だ。

猛烈な爆発を感じた。

「ううっ……！」

腰を押しつけたまま、どくんっ、どくんっ、と、熱い精液を亜由美の中に発射していく。

(ああ、すげえ……僕……亜由美さんの中に……だ、出してるっ)

文乃のときはガマンしきれずに出してしまった。

だが今度は同意の下だ。

意識しての中出しだ。

最高に気持ちよすぎて脳みそも、そして全身も、夏の太陽にあぶられたように、とろけていくのを感じた。

「ああんっ……熱っ、涼太が私の中に、ドピュドピュしてるっ！　涼太のせーえき、すごいよぉ……おかしくなっちゃう……だ、だめぇっ……イ、イクっ！」

亜由美が岩に両手をついたまま、ガクガクと全身を小刻みに震わせた。

アクメに達した蜜壷が、さらに男根を締めつけてくる。

亜由美が達したのをペニスで感じた。

(外でするのって、こんなに気持ちいいんだ)

夏のビーチでの解放感が、涼太に至福を与えてくれた。

ビキニ美女との汗だく濃厚エッチは、今までの陰キャなキャンパスライフを吹き飛ばすほどの最高の思い出だった。

第六章　甘くとろける夏

1

その日の夕食は、宿泊している女子大生たちの最後なので、民宿の中庭でバーベキューをすることになった。

夜になっても、まだ昼間の熱気が残っていて蒸し暑い。

相変わらず海岸の方は賑やかだが、それに負けず劣らずといった様子で、女子大生たちがわいわいと騒いでいる。

肉や野菜の焼ける香ばしい匂いと、炭の煙が目に染みる。

涼太は目が痛くなって、上を向いた。

珍しく星がキレイに見えていた。

煙が夜空に吸い込まれていくみたいだ。

（伊豆の海って、わりと星が見えるんだなあ……）

そういったことを思いつつ、涼太はウチワで煙を向こうにやろうと、一生懸命にパタパタした。

ジュウジュウと網の上で大量の肉が焼けていく。

涼太はトングで女子大生たちに肉を配りつつ、自分の分も取り皿に置く。

人の世話をすることが好きだった。

陰キャだから、とにかくもてなして喜んでほしいのだ。

そんなくらいでしかアピールができない。

「ありがとう」

女子大生たちが、口々に礼を言ってくれた。

いやあ、と照れると、女子大生たちが声をかけてくれた。

「すごくテキパキして上手」

「得意なんですか？」

スマホ画像のせいでアニオタと気持ち悪がられていたが、合宿も終盤になって、ようやく葵たち以外の女の子たちが話しかけてくれるようになってきた。

「ひとり暮らしだから料理はするんで……それにウチの父親がキャンプによく連れていってくれたから」

涼太が言うと、女子大生たちは目を輝かせた。

「料理できる男の人って憧れるっ」

「片付けとかもできるなんてすごいっ」

女の子たちが口々に褒めてくれるが、そのへんは社交辞令として聞いておこう。

(ああ、成長したな)

今までだったら、舞いあがっていただろう。

だけど今は違う。余裕がある。

客観的に見て自分はモテるタイプではない。

でも別に卑屈になることはない。

誰かしらは、自分のよさを見てくれるはずだ。

それを教えてくれたのは、文乃であり、玲子であり、そして亜由美だろう。

ようは自然体で、力を抜いていればいい。無理に陽キャの真似なんかしなくてもいいんだ。

自分には自分のよさがある。

（来てよかったよな……）

ひととおり肉を配ったので、自分の肉にタレをかけて涼太はかぶりついた。

「あつっ……」

はふはふと口の中で、熱い肉汁と格闘しながら、キンキンに冷えた缶ビールを喉に流し込む。

「くぅーッ」

目をつむってうなると、女子大生たちがクスクス笑った。

「すごい美味(おい)しそうに飲むのね」

「私も飲みたくなってきた」

笑われても胸を張れる。涼太は女子大生たちと缶ビールをカツッと合わせ、またビールをごくごくと喉に流し込んだ。

一息ついてみなを見まわす。女子大生たちも肉を頬張っていた。

「美味しいっ！」

「ねえ、ウインナーも焼こうよおっ」

「いいよねえ、バーベキュー。家でできないもんねえ」

「玲子先輩ッ、来年もここにしてください」

ビール片手に、後輩らしき女の子たちが玲子に直談判していた。

「それは次期キャプテンに言わないとだめですよ。ところで、来年のキャプテンは誰がやるのかしら」

玲子がウフフと笑って言うと、女の子たちはみな口々に「あれがいい、これがいい」と言い争っていた。

「ねえ、玲子先輩、それに亜由美先輩に葵先輩も、もちろんＯＢになっても来てくれますよね」

女の子たちが言うと、三人はビールを飲みながらうれしそうに答える。

「もちろんですわ」

「まあ、今年よりもシゴくけどね」

と冗談を言いながら、みんなで笑っている。

亜由美とちらりと目が合った。

昼間のことがあって、ちょっと恥ずかしそうだ。

二年や一年の女の子たちが、亜由美や玲子や葵を取り巻いた。

「亜由美先輩たち、ずっとナンパされてましたよねえ」

「マジでうらやましいです」

「そんなことないわよ」

亜由美が言いながら、また、こちらをちらりと見た。

後輩の女の子が続けて言う。

「昨日の夜も、亜由美先輩も葵先輩も、格好いい男の子たちに言い寄られても、ガン無視するんだもん。あー、うらやましい」

イケメン大学生との花火のことだろう。

そうかふたりは無視していたのか。

「玲子先輩は途中でいなくなっちゃうし」

別の子が言うと、玲子がいつものすまし顔で言う。

「興味ありませんもの」

そう言って玲子がこちらを見たから、肉を喉につまらせてしまった。

「んぐっ」

缶ビールで一気に流し込んだら、空になった。

冷蔵庫まで取りに行くと、キッチンに文乃がいた。

ピンクのエプロンをつけて、ニコニコしながら料理を用意している。

ジーンズのヒップがいやらしく揺れている。

ついついまた、欲情してしまう。

（文乃さんって、やっぱりお尻大きいよな……亜由美さんや玲子さんも大きかったけど、迫力が違うというか……）

亜由美や玲子のすべてを見てしまったからこそ、文乃の人妻らしい、はちきれんばかりのお尻に惹かれてしまう。

「何か手伝おうか」

言いつつお尻を触る。

「あんっ……もうっ……今はだめ」

文乃が手をはたいてきた。

「いたっ」

「ウフフ。涼くん、野菜を切ってもらえるかしら」

言われて、キッチンの前で並んで野菜を切る。

文乃がちょっと真面目な顔をした。

「葵ちゃんと何かあった？」

ふいに言われて、涼太は包丁の手を止めた。

何も思い当たることがなかったからだ。

「え？　葵？」

「……ええ。葵ちゃん、何か寂しそうだから……葵ちゃんって、ほら、涼くんのこと好きだし」

涼太は頷いた。

「まあ昔から親友だし」

「そうじゃないわよ。その……異性としてよ」

文乃と目が合い、涼太は苦笑いした。

「……まさかあ」

軽く否定したが文乃は笑わなかった。

(葵が僕のことを好き？)

意外すぎて、頭がまわらない。

「お、叔母さんは……その……僕と葵のこと……」

そこまで言うと、文乃は背伸びしてチュッと首筋にキスしてきた。

「好きよ、涼くんのこと。でもそれとこれとは……ふたりには幸せになってほしいから。ごめんね、ズルい大人で」

文乃がぎこちなく笑いながら、また野菜を切り始めた。

（葵と僕が？　まさか……）

だけど自分の心の中で、童顔だが可愛らしく成長した葵のことを、なんとなく意識しているなと考えてしまっていたのだった。

2

野菜と肉の追加を持って中庭に行くと、葵の姿がなかった。

ついつい気になって探してみる。すると二階のベランダに葵がいて、海の方をぼうっと見ていた。

中庭の喧噪が、反対側のベランダまで聞こえてきた。

「なんだよ、食いすぎたか？」

涼太がサンダルを履いてベランダに出ると、葵が振り向いた。

大きな目が、きょとんとして、こちらを見ている。

ショートヘアのボーイッシュな美少女が、月明かりに照らされて、なんとも幻想的だった。可愛らしいと思った。

雰囲気は幻想的だが、Tシャツ越しの胸のふくらみやショートパンツから覗く太ももがなんともエッチだった。

「そこまで食べてないよ。合宿も終わりだなあって思うと、しんみりして」

涼太が横に並ぶ。

剝き出しの二の腕が触れただけで身体が熱くなってしまう。

《葵ちゃん、ほら、涼くんのこと好きだし。異性として》

文乃にそうしたことを言われたばかりだから、余計に意識してしまう。Tシャツのバストのふくらみが、いつもよりも生々しく感じられてしまう。

「楽しかったよなあ。まあ帰ったら、カレシにいろいろ報告するんだろ」

葵がこちらを向いた。

柵にもたれながら、遠い目をして言う。

「残念ながら別れたばっかり」

「あれ？　そうなのか」

「うん。そういえば、涼って誰とも付き合ったことないんだよね」

「え？　あ、いや」

ちょっと戸惑った。

文乃と玲子と亜由美とセックスしてしまったのである。

そういう自分が、童貞っぽく振る舞うのは、どうなのだろうと思った。

「あれ？　あるの？」

「いや、その……」

「涼太って、どういうのがタイプなの？」

「え？」

言われて考えた。亜由美の奔放さもいいし、玲子の生真面目さもいい。

文乃の色っぽくて包み込んでくれるような魅力もたまらない。

そして……。

葵の、一緒にいても肩肘張らない関係もいい。

「タイプっていってもなあ。一緒にいて楽しい人がいいかな」

「ボク？」

葵がクスクス笑いながら言う。

正直、どう反応していいかわからなくなって、

「どうかなあ」

なんてついつい強がって言ってしまう。

葵が「そっかあ」と伸びをした。

ふくらみが強調され、白いTシャツにうっすらとピンクっぽいブラシャーが浮き立った。見ていると、葵が首をかしげた。

「ん？　ボクのおっぱい触ってみたい？」

からかい口調で、ボーイッシュ美少女がさらに胸を突き出してきた。

「な、なんでそうなるんだよ」

照れて、思わず強く言い返してしまった。

「だってほら。最後の日だから、よき思い出に」

「あのなあ」

と呆れたものの、身体が熱くなってきた。

葵のおっぱいに触れる？

亜由美や玲子とは違う、何かイケナイことをするような、危うい気持ちに包まれる。

「ま、まあ、その思い出だったら、触っておこうかな……」

「いいよ、ほれ」

葵が胸を張る。しっかりとブラジャーのレース部分まで透けて見えた。

これは単純に女友達とのじゃれ合いである。

そう言い聞かすのだが、心臓がバクバクする。

そうっと手を伸ばし、葵の右の乳房を軽くつかんだ。

「んっ……」

葵が軽く呻いて、ビクンッと小さな肩を揺らす。

ドッ、ドッ、ドッ、ドッ、と心臓の音が高くなって、体温が上昇した。

おかしい。

初めて女性のおっぱいを揉んだときより緊張する。

(そうだ……)

なぜ興奮するのかわかった。

あのとき……自分が思春期に入りかけたときだ。

テレビで女の人のおっぱいを見て、身体が熱くなった。

それで葵に「ちょっとおっぱい触らせて」ととんでもないお願いをしたのだ。

葵はあのとき、いやがった。

当たり前だ。

(そうだった……まさかあのときの続きをすることになるなんて……)

涼太は興奮しながら、葵のTシャツの下から手を入れ、ブラ越しの乳房に手を届かせた。

「あっ！　な、何……直接触りたいんだ。ウフフ。ボクのおっぱいを触って興奮しちゃった？」

「いや、そのせ、せっかくだったらさ……」

何がせっかくかわからないが、葵のTシャツの中でブラジャーの上から、おっぱいをつかんだ。

「ンッ……涼太ってこんな風に揉むんだ」

からかうように言われても、やめられなかった。

葵の乳房はちょうど手のひらに収まるくらいのサイズで、柔らかかった。

ブラジャーの生地の優しい触り心地と、そのふくらみの弾力が、葵の童顔と相まってとてもイケナイことをしていると錯覚する。

いやがらないならばと、涼太はTシャツをめくった。

薄いピンクのブラジャーが露わになる。

わりと谷間があった。

「お、思ったよりも、あるな」

「玲子や亜由美よりは小さいけどね。でも、男の子を楽しませるくらいのサイズはあると思うよ」

葵は楽しそうに、ちょっと息を乱しながら言う。

涼太はさらに揉んだ。葵のおっぱいは、揉み心地のいい弾力があった。

「どう？」

葵が柵にもたれかかったまま、上目遣いに訊いてきた。

「どうって、いや、まあ……けっこう、いい」

「興奮する？」

葵がニヤニヤしている。

実際、すさまじい興奮に包まれていた。

美少女のおっぱいだ。

だけど、葵のおっぱいだ。素直になれない。

「興奮……し、しないかな、べ、別に」

「へえっ。こんなにいやらしく揉んでるのにぃ？　あれえ、なんか大きくなってない？」

ボーイッシュ美少女が、手を伸ばして不意に股間を襲ってきた。

短パン越しにふくらみを触られて、軽く腰を引いた。

「くっ……いや、その……興奮はしないけど、おまえのおっぱいの感触が、けっこうエロいのは認める」

「何それ。素直じゃないなあ。直接触ってみる？」

葵が、自らブラジャーのカップをめくりあげる。

薄紅色の乳首があった。

とても愛らしく小さい乳頭部だ。

葵はナマ乳を披露しながら、顔を赤くしていた。

大胆なことをするわりに、恥じらいはしっかりあるらしい。

涼太は昂ぶっていることを隠して、冷静に言った。

「キレイだな、意外と」

「意外と、は余計だよ。興奮してるくせに」

葵がさらに股間を乱暴に撫でまわしてきた。葵の手でも、やはり生理的な反応をしてしまう。

「あはは、勃ってきた」

やられっぱなしはしゃくだと、こちらも葵の乳首をキュッとつまんだ。

「ンッ……」

葵がかすかに吐息を漏らし、ビクンッとした。

「感じてるじゃんか、葵だって」

こちらが逆襲すると、葵は怒ったような顔をして首を横に振る。

「別に感じたわけじゃないし。ただ反応しただけ」

「ウソだ。乳首が弱いんだろ」

そう言いつつ、また乳頭部をひねってつまみあげる。

「んっ……やっ、こらっ……」

葵はひかえめな声を漏らして、まるで子どもを叱るように、眉間にシワを寄せてこちらを見る。

さらに乳首をつまむと、

「ああん……」

と子どものような、甲高いせつなそうな声を漏らす。

「ほら、弱い」

「んんっ、そ、そんなことない……」

そう言いつつも、葵の大きな目がとろんとして、呼吸が乱れてきている。

葵だぞ。女友達だぞ。幼なじみだぞ。

そう自分の心の中で言い聞かせつつも欲情した。

涼太は中腰になって、顔をぷっくりとした可愛らしい乳房に近づけ、ピンクの乳首を口に含んだ。

「あンっ……」

葵の色っぽい吐息が、頭の上から聞こえる。

信じられない。

しゃべり方は男みたいな葵が、ＡＶ女優みたいなエッチな声を出したのである。

「なんだよ、その声」

涼太はニタリと笑って、葵を下から挑発的に見た。

「べ、別にっ……」

葵は顔をそむけるも、目の下がねっとり赤らんでいた。

こんな葵の表情を、初めて見る。

もっと見たくなって、小さな乳首を吸って舌で舐め転がした。

無味なはずなのに、ミルクのような甘い味がする。

女友達の乳首を舐めて興奮するなんて……と不思議な感じなのに、ますます勃起してしまう。

「んっ……あっ……」

葵はますます女らしい喘ぎを見せて、腰を震わせ始めた。

「あん……あのさ、エッチする流れになってない？」

葵がハアハアと息を喘がせつつ、とんでもないことを言い始めた。

涼太はいったん愛撫をやめて葵を見た。

「まさか。友達だろ」

「だ、だよね」

葵が苦笑した。

だけど……本音では、もっと前に進みたかった。

葵とエッチなことをしたい……だけど、口にすると否定されそうだった。

(ああ、だめだ……いけないのに……玲子さんと亜由美さんだけでなく、葵とも身体を重ねるなんて、節操がなさすぎる)

だけど、蒸し暑い夜のベランダでふたりきりだった。

中庭から女子大生たちの声が聞こえてくる。

みなバーベキューを楽しんでいるから、ここには来ないだろう。

このシチュエーションなら、やめるなんて無理だった。

涼太は夢中になって、ねろねろと葵の乳首を舐め、乳房を揉みしだく。

「やんっ……んっ……あぁ……はぁ……あ……」

葵の声はしどけなく、表情もせつなそうになってきた。

それを見ているだけで、勃起がギンギンに硬くなってしまう。

もうガマンできなくなってきた。

涼太はそおっと、右手を葵の股間に伸ばす。

そして……葵のデニムのショートパンツのフラップボタンを外して、ファスナーを下ろしてしまうのだった。

3

「あ……ッ！ やっぱりこれ……エッチする流れだよね」

葵が潤んだ目を向けてきた。

甘い吐息が漏れて額が汗ばんでいた。

甘ったるい汗の匂いや、リンスの匂いが、潮風とともに涼太に届く。

「ち、違うって」

いや、違わない。

もうこれは性行為だとわかっている。

ふたりともわかっているが、友達とのスキンシップの方が、エロい気持ちになるとも思っているのだ。

葵のデニムのショートパンツを脱がすと、ピンクのパンティに包まれた下腹部が露出した。

葵が照れ笑いをする。

「なんか……やばいよね、これ……涼太に触られてるのに、へんな声が出ちゃう」

「うまいから？」

その言葉に、葵は笑って頷いた。

「まあね。いやらしい触り方だからじゃないかな」

「そこまで、いやらしいことしてないぞ」

と言いつつも、涼太の股間は痛いほど屹立し、昂ぶりながら葵のパンティの上からクロッチの部分を指でなぞる。

「ンッ……」

葵がビクッと震えた。

パンティの上からでも、淫唇がぬるぬるしているのがわかる。

「なんか湿ってるんだけど」

ニヤリ笑うと、ぺしんっと葵に頭をはたかれた。

「そういうこと言うんだ。ボクも触っちゃうからね」

葵は可愛らしく宣言すると、涼太の短パンの紐をほどき、おずおずと下着も一緒にズラしてきた。

「お、おい」

隠そうとしても遅かった。屹立が飛び出してくる。

「あはっ、涼だって大きくして……しかも濡れてない？」

切っ先がガマン汁で濡れていた。

自分もここまで興奮していたのかと驚いてしまう。

「いや、これは不可抗力で……」

言い訳をすると、葵が足下にしゃがみ、肉竿を直につかんできた。

「え？　な、何する気だよ」

「だって、ボクばっかり触られるの不公平じゃん。これって、ボクのを見てこうなったんだよね。だったら処理する責任があるかなあって」

細い指が、ガマン汁で濡れた屹立の根元へと移動する。

「熱くて、すごい硬いっ。エロい匂いがする」

「なんだよ、エロい匂いって……くっ」

指でシゴいてきた。

思わず背中をそらしてしまう。

「ビクビクしてる、涼の……気持ち悪い」

「気持ち悪いって言うな」

「だってさ。あんなにちっさくて可愛かったのに、今はこんなになって……」

葵がゆったりとシゴいてきた。

表皮がこすられて、快楽に身体がムズムズしてしまう。

「おまえだってなんか身体つき、エロくなってきたじゃん」

息を荒げつつ言うと、葵はニンマリと笑う。

「へー、そういう風に思ってたんだ。ボクのことエロいって」

「ま、まあそりゃ、子どものときに比べればな」

涼太は照れ隠しに葵の腋の下に手を入れて、柵の前で立たせると、ピンクのパンティをズラして指を入れた。

「あっ、こらっ……ンッ……」

濡れた淫唇に触れるだけで、ショートヘアの美少女の顔が、とろんととろけてエッチな表情に変わる。

パンティの中はもう熱くてぐっしょりだった。

愛液の獣じみた匂いが、潮風に混じって強く鼻先に届いてきた。

（こんなに濡らして……それに葵のアソコって小さいんだな。チンポを入れたら、すげえ気持ちよさそう）

チンポを入れる？　相手は葵だぞ。

そう思いつつも、指でワレ目の前後をこすると、

「あっ、ん……」

葵はベランダの柵に身体を預けて目を細める。その表情に、涼太は息を呑んだ。

「気持ちいいんだ？」

煽ると、葵は首を横に振った。

（あれ？）

今の今まで言い返してきたのに。

そう思いつつ、濡れ溝をなぞりながら葵の顔を見れば、口を半開きにして、ハアハアと息を弾ませている。

なんともせつなそうな表情で、ぼんやりと宙を見入っていた。

一気にふたりの間が淫靡な空気になる。

さらにこすると、パンティの奥が、ぬちゃ、ぬちゃ、という卑猥な水音を立て、葵の口からも、

「ああん……はあああんっ……」

と女っぽい声がひっきりなしに漏れ始めた。

肉棒を握る手にも力が入らなくなってきている。いつの間にか一方的な責めに変わっていた。

葵はいつの間にか、気持ちよさそうに目をつむっていた。

その表情にときめいた。もっとエッチなイタズラをしたくなって、涼太はパンティを脱がしにかかる。

葵は何も言わずに、脱ぎやすく脚を伸ばしていた。

足首にからまっていたデニムショーツと一緒に下着を脱がせ、いよいよ葵の下半身を丸出しにした。

（これが葵のおまんこか……）

ほとんど陰毛がなくて、小さなワレ目がぱっちりと見えていた。

スリットどころか、ビラビラも小ぶりだ。清らかだった。

グッと穴に指を入れると、

「んんっ」

葵がちょっと呻いて、腰を引いた。

「痛かったか？」

訊くと、葵は首を横に振る。

「へ、平気……」

「そうか」

とはいえ、あまり乱暴にしないように慎重に指を入れると、

「ああっ……はああ……」

あの葵が、ますます女らしい湿った声を漏らし、腰をもどかしそうにくねらせてきたので驚いた。

「んっ……はっ、んっ……」

葵が感じた声を漏らしながら、こちらに見入ってきた。

葵は瞳を潤ませつつ口を開く。

「ねえ、ガチガチになってるのに、したくならないの？」

「なるけど……まずいだろ」

「うん、涼太だし」

ふたりで見つめ合い、違うと言うものの、だ。

お互いの意識は、確実にセックスする方に向かっていた。

「……ちょっと入れてみないか？」

興奮を隠して葵に告げる。

葵は照れたような顔をして、太ももをもじつかせた。

「うん、まあちょっとだけなら」

同じような態度で返してくる。

ちょっとだけ戸惑った。

いいのか、これでいいのか……。

女友達とヤッても……。

不思議な感覚だった。

ちょっとした近親相姦の感じだ。禁断の関係。

だけど……ヤリたかった。

葵ももう間違いなく、最後までしたいという気持ちになっている。

涼太は、葵をベランダの柵にもたれかけさせたまま、右足の膝をすくって片脚立ちにさせた。

片脚を持ちあげたことで、小ぶりの淫唇が大きく開いた。

見るだけで狭いとわかる。

立位の状態で、葵の片脚を右手で持ちあげたまま、硬くなった性器を幼子（おさなご）のようなワレ目に近づける。異様な興奮が涼太を包み込んでいた。

4

グッと腰を入れるも切っ先が入っていかない。

十分に濡れているはずだが、やはり入り口がかなり狭いのだ。

「くっ」

歯を食いしばり、強く押していく。

すると切っ先が葵の花蜜の穴を大きく広げ、亀頭を埋め込んでいく。

「んうう！」

葵が顎をはねのけた。

「あっ……あうん……お、おっき……」

苦しげな表情で、葵が大きく息を吐く。

「つらい？」

訊くと、葵がうっすら笑った。

「まあ、ちょっと」

「僕のが大きいから？」

ニヤリ笑うと、葵はハアハアと息を弾ませながら、

「ちょ、調子に乗らないで」

と睨んでくるも、腰を押すと、すぐにとろんととろけた表情になり、柵をぐっとつかんで、のけぞっていく。

（ああ、葵とついにひとつに……）

まさかという気持ちだった。

「あっ……はあッ……」

目の前にいるのは、ショートヘアのボーイッシュな美少女だ。

客観的に観て間違いなく可愛い。

興奮する。それは間違いないのだが、相手が子どもの頃、男友達と同じように遊ん

だ女の子だから、ひどく照れてしまう。

不思議な感覚だった。

それでも欲望は正直だ。

温もりがとんでもなく心地よかった。

もっと深く重なりたい。

葵を抱きしめたい。

奥まで入れてひとつになりたい。

「痛くないか？」

訊くと、葵は小さく頷いた。少しは馴染んできたようだ。

「……奥まで入れるからな」

立ったまま腰を押しつけた。

「んっ！」

葵は背をそらし、吐息を漏らした。

入り口はひどく狭かったけれど、ぐっしょり濡れているから、ぬるりと男根が挿入されていく。

「あっ、やっぱ……おっきい、涼のオチンチン……ああっ……」

葵は感じた声を漏らして、ギュッとしがみついてきた。

「でも、いいんだろ？」

耳元で訊くと、葵は小さく頷いて抱擁を強めてくる。

片脚立ちがつらいのだろう。

しかしそのお陰で性器と性器がぐいぐいと根元まで密着した。

まだ腰を動かしてもいないのに、射精したくなるほど気持ちいい。

「葵の中、あったかくて、めっちゃいいな。おまんこの締まりもいい」

再び耳元で言うと、葵は顔を真っ赤にして首を甘噛みしてきた。

「そういうこと言うなっ。恥ずかしいんですけど」

「仕方ない。ホントのことなんだから」

「……じゃあ素直に言うよ。ボクも同じかも。涼太のオチンチン、気持ちいい」

葵もささやいて、クスクス笑った。

なんだか奇妙な高揚感だった。

あの葵と避妊具なしでつながって、気持ちよくなっている。

ガマンできなくなってきた。

動こうとしたときだ。

「あ、待って、動いちゃだめ」

首に手をまわしてきた葵が小さく叫んだ。

「え？　どうして？　痛くないんだろ」

訊くと、葵はうつむきながら、ぽつりとつぶやいた。

「……動いたら、イッちゃうかも……」

「冗談だろ」

葵は首を大きく横に振る。

「……マジ。なんか、全身が熱くなって……ボク、一回だけイッたことがあるんだけど、そのときの感じがする」

「わ、わかったよ」

イカせたかったけど、もっと味わいたい気持ちが強かった。

だが……葵に強く抱擁されていると、じっとり汗ばんできてしまう。

「あ、あのさ……動かないで何もしないと、つらいんだけど」

涼太が訴えると、葵がうつむきながら言った。

「……チューでもする？」

「え？」

ちょっと大げさすぎるくらい驚いてしまった。

「え？　って言わないでよ、こっちだって恥ずかしいんだから」

「いや、考えたこともなかったから」

素直に言うと、葵も頷いた。

「わかるよ、こっちだって涼とキスするなんて……今まで考えたこともなかった」

恥ずかしそうにしている葵に、してもいいんじゃないかという、妖しげな気持ちが湧く。

涼太は唾を飲み込んだ。

「……ちょっとだけ」

「うん」

唇を近づけると、葵が目をつむる。

ドギマギする。

葵の片脚を持ちあげた立位のまま、ベランダの上でつながりながらキスをした。

背後で花火の音がした。

誰かが浜辺で花火をしているのだろう。

できすぎなシチュエーションだと思いつつ、角度を変えてキスすると、葵がひかえめながら舌を出してきた。

驚きつつも、こちらも舌をからめていく。

からめるだけで異様な興奮が湧きあがって、もうどうにもできなくなって腰を動かしてしまった。

「あっ！　やっ！」

キスをほどいた葵が、せつなそうな声を漏らして全身をよじらせた。

もう止まらなかった。

ゆっくりだが、ピストンしていくと、

「あっ……やだっ……んっ……あううん……」

葵が甘ったるい声を漏らして大きくのけぞる。

ぬちゃ、ぬちゃ、といういやらしい水音がベランダに響き渡る。

涼太は本能的に身体を丸めて、葵の小さな乳首を舐めつつ、さらに奥までストロークした。すると、

「アンッ……やっぱり……ああ、だめっ……」

葵が耳元で言った。

「……やばっ……ホントにイク……」

かすれたアニメ声でささやかれて、猛烈に興奮した。

「ぼ、僕もだ……いいよ、イッて」

ハアハアと息を荒げながら言うと、葵が照れた顔を向けてきた。

「……見ないで、イクときの顔……」

「あ、ああ」

と顔をそむけてグイグイと腰を穿つと、葵が腕の中で震え出した。

「だめっ……イク……あっ……はああ……ッ」

甲高い声が聞こえて、膣が収縮する。

だめだ。イキ顔を見たくてたまらないと、葵の腕をつかんで引き離した。

「あっ！　だめだってば……あっ……イクッ……イクッ！」

真っ赤になって顔をうつむかせながら、ガクンガクンと腰がうねる。

ちらりと見えたそのイキ顔は、とても色っぽくて、見ているだけでグーンとペニスが熱くたぎった。

「うっ……」

慌てて抜くと、バウンドしたように肉竿が跳ねて、おびただしい量の精液が、葵の頬やおっぱいや臍に飛び散った。

葵の身体がまるでヨーグルトをかけられたように、白濁液まみれになる。

「あんっ……やだっ、べとべと……」

葵が顔をしかめてから、睨みつけてきた。

「イクところ、見たでしょ」

「えっ、いや……まあ、可愛かったし……」

ついつい本音を言ってしまうと、葵はまんざらでもないような顔をして、頬に軽くキスしてくるのだった。

5

精液を拭ってから、バーベキューにふたりで戻った。

時間をずらし、適当な言い訳をして戻ったから、バレなかったと思ったのだが、バーベキューを終えて部屋に戻ると、亜由美から部屋に来ないかと即座にＬＩＮＥで誘いがあった。

（これは……葵ともセックスしたのがバレたかな……？）

まああれだけ長い時間、ふたりで行方不明だったのだ。

バレないわけがない。

(三人ともしちゃったんだよなあ……)

もしかして部屋に行くと、吊るしあげられるのではないか？

ゾッとするも、行かなかったらこの部屋まで押しかけられるかもしれない。

涼太は覚悟を決めて三人の部屋に行く。

ドアをノックすると入っていいと言われ、そおっと入っていくと、衝撃の光景が待っていた。

三人ともが全裸で、敷かれた布団の上に座っていた。

(えええ？)

驚いて呆けていると亜由美が立ちあがり、涼太の手を取った。

そのまま布団まで引っ張り込まれてしまう。

「な、なんで？　えっ」

仰向けに寝かされた。

三人の美しい女子大生が、素っ裸で涼太を押さえつけていた。

こういったときにも、比較してしまう。

乳房が一番大きいのは、やはり亜由美だった。

彫りの深い顔立ちの派手な美女は、わずかに小麦色に日焼けしたグラマラスボディを見せつけてきた。

そして玲子のおっぱいは、一番形がよかった。

ツンとトップが上向いた美乳だ。海に来たというのに肌が白くて、清楚なお嬢様らしい上品なボディを露わにしている。

そして……葵だ。

ボーイッシュなショートヘアの美少女は、先ほど抱いたばかりの華奢なボディを見せつけてきた。

やっぱりすごいな、三人とも。

美人だし、スタイルがいいし、性格も……。

と思っていたら、早速短パンを脱がされた。

「な、何を……！」

暴れようとするも、亜由美や葵に身体を押さえつけられていては、どうにもできない。

亜由美がすごみのある笑みを見せてきた。

「ウフフ。童貞だって言ってたくせに、私たち三人と関係を持つなんて、いい度胸してるじゃない」

玲子も続けて、薄笑いを浮かべながら言う。

「まったく……童貞だから気を許したのに、信じられませんわ。こんなにエッチだったなんて……だからみんなであなたを制裁することにしたんです」

「せ、制裁って、あっ……」

ずるりと短パンと下着を剝かれて、イチモツが飛び出てしまう。

フルヌードの美しい女子大生に身体を押しつけられて、早くも勃起してしまっていた。葵が謝った。

「ゴメンね、涼。エッチしたこと白状しちゃった。でもさ、涼ってスケベだから、ボクだけと付き合うより、こっちの方がいいんでしょ？　ボクだけじゃなくて、亜由美とも、玲子とも」

葵はこのハーレム状態に乗り気のようだ。

笑みを浮かべながら、肉竿に手をかけてシゴいてくる。

「くううっ」

先ほど出したばかりなのに、もう射精欲がこみあげてくる。

このままでは、今夜何度犯されるか、わかったものではない。

「ま、待って、待ってくださいっ。三人がかりなんて……」

「誰が三人だけって言った？」

亜由美がイタズラっぽい笑みを見せる。

そのタイミングでちょうど文乃が入ってきたので、涼太は口をパクパクさせてしまう。

文乃が着ていたブラウスのボタンを外し始める。

「葵ちゃんとのこと、応援してたけど……ごめんね、涼くん。やっぱり私、だめなのよ……あなたが忘れられないの。この子たちには若さでは全然かなわないけど、その分、優しく包んであげるから」

文乃が服を脱いで、素っ裸になって参戦してきた。

「お、叔母さん！　えっ？　ええええ？」

夏の終わりのハーモニーならぬ、夏の終わりのハーレムだ。

（了）

※本作品はフィクションです。作品内に登場する団体、
人物、地域等は実在のものとは関係ありません。

とろめき民宿で淫ら夏休み

〈書き下ろし長編官能小説〉

2024年7月29日　初版第一刷発行

著者……………………………………………… 桜井真琴

ブックデザイン…………………橋元浩明(sowhat.Inc.)

発行所………………………………株式会社竹書房

〒102-0075　東京都千代田区三番町８－１
三番町東急ビル６F
email：info@takeshobo.co.jp
https://www.takeshobo.co.jp

印刷所…………………………… 中央精版印刷株式会社

定価はカバーに表示してあります。

本書掲載の写真、イラスト、記事の無断転載を禁じます。

落丁・乱丁があった場合は、furyo@takeshobo.co.jpまでメールにてお問い合わせ下さい。

本書は品質保持のため、予告なく変更や訂正を加える場合があります。